SWORD ART ONLINE
016
REKI KAWAHARA abec bee-pee
SWORD ART ONLINE
Alicization Exploding

「沒問題的，不用擔心。」
「金木樨之劍」§愛麗絲
「司令官……是闇神貝庫達嗎？」
團長「時穿劍」§貝爾庫利
整合騎

「第一部隊，拔劍，準備戰鬥！」
副團長「天穿劍」§法那提歐
「我背叛了……
愛麗絲大人的期待……」
「霜鱗鞭」§艾爾多利耶

「就讓本西勃利大人
來取他的首級吧。」
平地哥布林族首領 §西勃利
暗黑術師公會總長 §蒂伊・艾・耶爾
「我會確實地
解決那五名整合騎士。」
「小鬼……你就是一臉
瞧不起哥布林的表情。」
山地哥布林族首領 §柯索吉

「——踩扁他們！」
巨人族首領 §西古羅西古
「稍微去跟那些叫什麼
整合騎士的打聲招呼吧！」
拳鬥士公會第十代冠軍 §伊斯卡恩
「要在毫髮無傷的情況下抓住光之巫女。」
皇帝 §「闇神」貝庫達
「這些臭人族！」
半獸人族首領 §利魯匹林
人界侵略軍

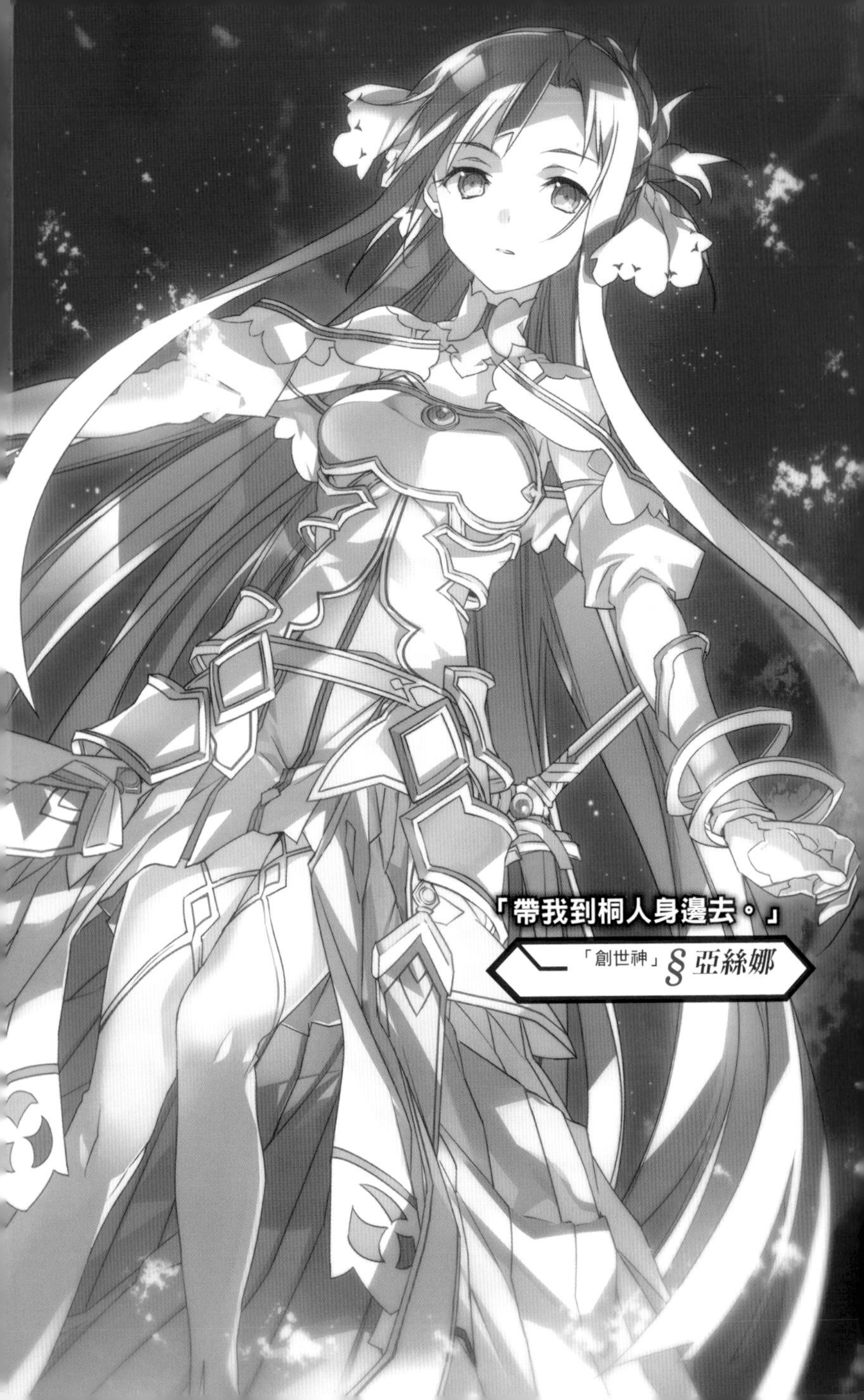
「帶我到桐人身邊去。」
「創世神」§亞絲娜

「史提西亞……
大人……？」
——少女練士§緹潔
「您引發奇蹟，
解救了我的性命。」
——少女練士§羅妮耶
「真的假的……喂，這是真的嗎？」
——暗黑騎士§瓦沙克

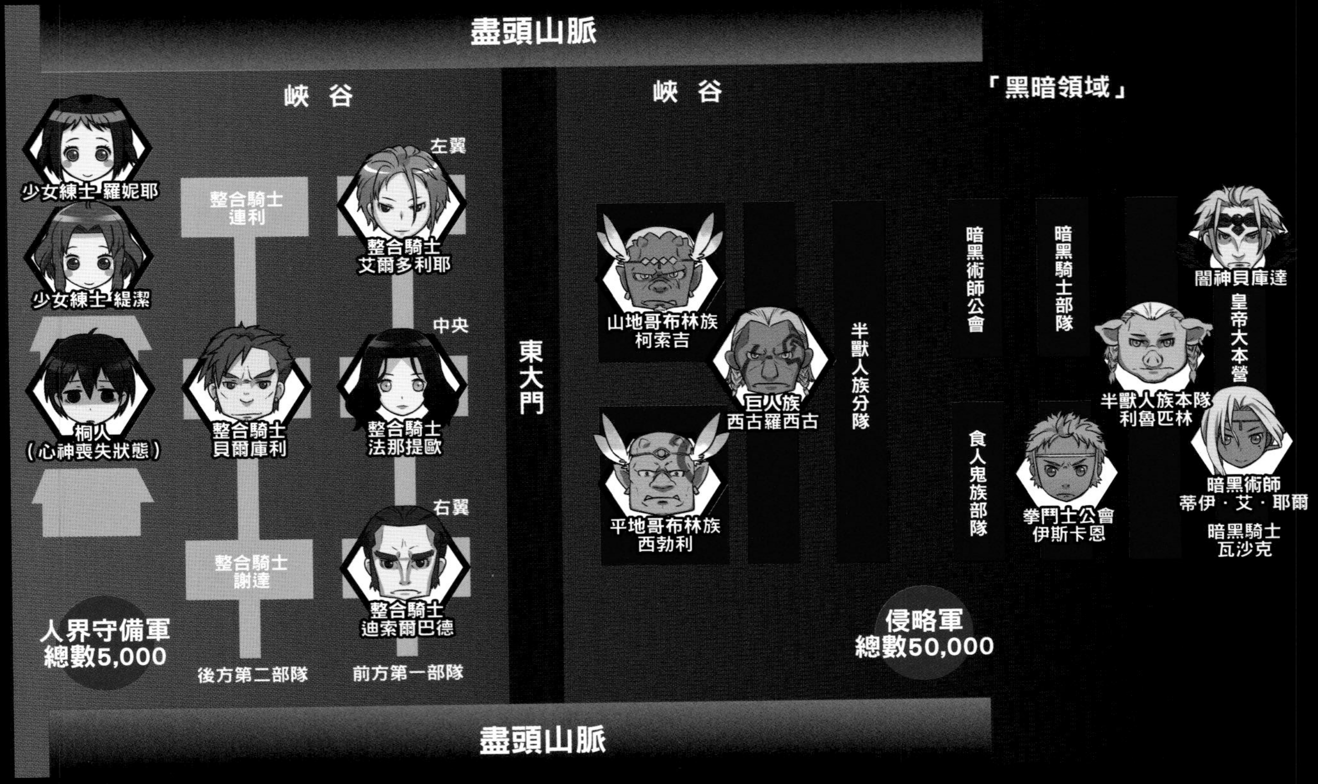

「地底世界大戰」戰況

插畫／來栖達也

SAO SWORD ART ONLINE

「這雖然是遊戲，
但可不是鬧著玩的。」

──「SAO刀劍神域」設計者·茅場晶彥──

SWORD ART ONLINE
Alicization Exploding

REKI KAWAHARA

ABEC

BEE-PEE

016

第十八章　地底世界大戰　人界曆三八〇年十一月七日　午後六點

索魯斯的殘光將分隔兩個世界的門染成血一般的紅色。

「東大門」。

這座由神所建立，三百多年來一直阻隔人界與黑暗界的巨大建築物現在就要崩塌了。

在五千名人界守備軍與五萬名侵略軍無聲的注視當中，原本等同於無限的天命耗盡的那一瞬間，大門就像巨獸發出瀕死前的吼叫一樣，讓整個世界因為轟鳴聲而震動。最後聲音成為不祥的遠雷，甚至以西傳到人界的央都聖托利亞，以東到達暗之國的帝宮黑曜岩城，讓全地底世界的居民都抬頭仰望天空。

數秒後——

高達三百梅爾的大門中央出現了一條裂縫。接著由內側迸發出白色光芒，在東西兩側布陣的士兵眼裡留下了烙印。

裂縫隨即分散出無數分枝並延伸到大門每個角落，白光也追隨著裂縫呈網狀擴散開來。緊接著，門兩側就出現被燃燒著的火焰包圍的巨大神聖文字。

廣大的戰場裡，只有兩個人理解「Final Tolerance Experiment（最終負荷試驗）」這串文字列代表什麼意義。

幾乎在文字燃燒殆盡的同時。

東大門就放射出直達天際的閃光，從上部開始崩塌。

1

「嗚喔……」

從指揮車扶手上探出身子的瓦沙克．卡薩魯斯忍不住發出興奮的聲音。

「『最終負荷實驗』嗎？這連好萊塢電影都相形遜色了啊。跟ＡＩ比起來，還是奪走這種影像技術比較好吧，兄弟？開一家ＶＦＸ（註：視覺特效）工作室的話，馬上就能變成億萬富翁了喲。」

聽見他這麼說的加百列．米勒，目光雖然被這一大壯觀畫面所吸引，但還是冷靜地指責對方：

「很可惜，影像無法保存到媒體裡面。因為這個世界的所有物體都不是由多邊形構成。是只有連結到ＳＴＬ者才能看到的豪華秀。」

東大門已經有一半變成無數的瓦礫崩落了。雖然發出猛烈的轟聲與震動，但是所有巨大岩塊在快撞上地面之前就發出光芒融化消失。照那個樣子看起來，門的殘骸並不會成為障礙物。

加百列翻動漆黑的毛皮披風從擺設在指揮車屋頂上的寶座上站起來，接著走向十侯之一的暗黑術師公會總長蒂伊．艾．耶爾所設置的大型骷髏頭。

放在小桌子上的骷顱頭，似乎是具有聲音傳達能力的魔法小道具。只要向這個母骷髏說話，聲音就會傳遞到將軍們帶在身上的子骷髏。雖然比不上史崔克裝甲指揮車的多通道複頻通訊系統，但是效率比每次都得派出傳令兵要好多了。

加百列低頭看著骷髏空虛的眼窩，然後以符合「暗黑界皇帝兼闇神貝庫達」身分的冷峻聲音說道：

「暗之國的將兵們！你們引頸期盼的時刻來了！殺盡所有生物！搶光所有的財物吧！蹂躪他們——————！」

從陣形的各處都湧出了大於大門崩壞聲的「喔～喔～」吼叫。往上舉起的無數彎刀與長槍，反射夕陽光後發出血色光輝。

黑暗領域軍的第一陣是由五千名山地哥布林族、五千名平地哥布林族、兩千半獸人族、一千巨人族，總計一萬三千名兵員所構成。戰略是先讓他們展開突擊，觀察敵軍的對應。

加百列一邊迅速往前揮落舉起的右手，一邊發出作為這場戰爭遊戲玩家的第一道命令：

「第一陣——開始突擊！」

***

構成五萬侵略軍第一陣的哥布林部隊右翼，指揮著五千名山地哥布林族的是名為柯索吉的新任首領。被捲進暗黑將軍夏斯達叛亂騷動而喪生的前任首領哈卡西，總共有多達十七名的兒子，而柯索吉就是其中之一。

哈卡西在歷代首領當中向來是以最為殘忍與貪心著稱。柯索吉雖然也繼承了牠大部分的資質，但是又更青出於藍，在醜陋的相貌下同時也隱藏著哥布林族罕見的高度智慧。

今年二十歲的柯索吉，已經對暗之國的五個種族——也就是人族、巨人族、食人鬼族、半獸人族以及哥布林族中，哥布林族為何被歸類為最底層這個問題思考了五年以上的時間。

哥布林在五族當中確實是最為矮小，力量也最弱。但是過去牠們可以靠數量彌補這些不利的要素，事實上在古老的「鐵血時代」，牠們就和半獸人與人族（黑伊武姆）進行了對等的戰鬥。

最後戰亂隨著所有種族的疲憊而終結，締結了五族和平條約，哥布林族的首領也在暗之國的最高機關十侯會議裡獲得一席之地。但是實際上條約並不是完全公平。山地哥布林與平地哥布林分配到的領土都是北方貧瘠的荒地，所以無法獲得保有所有族人溫飽所需的作物與獵物，小孩子也因此經常挨餓，老年哥布林更是不斷地死去。

也就是說，哥布林被其他種族的首領擺了一道。

其他種族為了壓抑成為哥布林族最大優勢的數量，把遼闊但是貧瘠的土地推給牠們。因此哥布林族到現在都為了要生存下去而耗盡心力，根本無法發展文明。不要說像黑伊武姆那樣以設備完善的教育機構來訓練小孩子了，牠們甚至得為了減少吃飯的嘴而把小孩放在船上流走。牠們當然也知道漂流到其他種族領土的小孩子們會受到什麼樣的待遇。

只要有肥沃的土地與充分的資源，現在士兵手上握著的就不會是由劣鐵所鑄造的蠻刀與板金鎧甲，而是能給予牠們精心鍛造出來的鋼鐵製裝備。也可以讓牠們好好填飽肚子儲備天命，學習劍技與戰術。將來甚至可能習得由黑伊武姆獨占的暗黑術。

這樣的話，就沒有人敢再稱哥布林是下等種族了。

柯索吉的亡父哈卡西也經常為對於黑伊武姆的憤怒、忌妒與劣等感所煎熬，但是卻沒有思考該怎麼辦才好的智慧。最多就只知道在這場大戰裡立下戰功，好獲得皇帝貝庫達的寵愛。

老實說那實在太愚蠢了。怎麼可能立下戰功呢？光是看全軍的配置就能知道了。

應該是暗黑術師總長教唆皇帝這麼做的吧。那個女人打從一開始就打算犧牲兩支哥布林族，才會把「打前鋒的榮譽」推到牠們身上。她企圖趁打前鋒突襲的哥布林被傳說的惡鬼，也就是人界的眾整合騎士像砍蘿蔔般擊倒時，從安全的後方發動暗黑術將他們全燒死，然後獨占所有的功勞。

——怎麼可能讓妳稱心如意。

但是，當然還是無法違背命令。降臨到黑暗界的皇帝貝庫達，即使承受暗黑將軍夏斯達一瞬間幹掉兩名哥布林首領與暗殺公會頭領的攻擊也毫髮無傷。皇帝是絕對的強者，而暗之國的鐵則就是必須得遵從強者的命令。

但那個黑伊武姆的女人就另當別論了。現在柯索吉也是十侯之一，所以立場算是對等。沒有必要乖乖遵從那種壞心眼的奸計。

對哥布林族下達的命令其實相當單純，就是打頭陣展開突擊並殲滅敵軍。

就這麼簡單。沒有提到在術師們從後方降下火焰前必須撐住戰線。所以有機會從這裡找到那個女人的盲點。

柯索吉在大門崩塌之前，就偷偷對心腹的隊長們下達了指令。

當子骷髏喀噠喀噠地震動下顎來傳達皇帝的突擊命令時，牠就把手伸進鎧甲底下，取出事先準備好的小小球體。現在隊長們應該也有同樣的舉動。

過去是東大門的岩塊隨著轟然巨響完全崩落，變成光後消失無蹤。

在眼前展開的筆直山谷深處，可以看見許多火把以及武器、防具發出閃亮的光芒。

那是白伊武姆的守備部隊。

他們身後充滿了足以讓山地哥布林族取回光榮時代的豐饒土地、無限的資源以及勞動力。

怎麼能在這裡被當成墊腳石呢？就讓再次迎接一名無能首領的可悲平地哥布林族，以及比牠們更加愚蠢的半獸人們負起這個責任吧。

柯索吉用左手緊握住球體，右手高舉起厚厚的開山刀，以渾厚的聲音大叫：

「你們這些傢伙，緊緊跟著我！突擊————！」

＊＊＊

「第一部隊，拔劍，準備戰鬥！修道士隊，準備詠唱治癒術！」

擔任人界守備軍副司令的整合騎士法那提歐·辛賽西斯·滋充滿張力的聲音貫穿了夜色。

「鏘鈴——！」的武器出鞘重唱響徹於山谷之間。限制過數量的火把讓鋼鐵劍身發出紅色光芒。

從終於崩塌的東大門後方，可以聽見地鳴般的轟然巨響逐漸逼近。

哥布林急促的腳步聲、半獸人緩慢的腳步聲，以及巨人宛如以大槌敲打地面的腳步混雜在一起，與無數的吼叫互相重疊。那是人類過去從未聽過的，名為戰爭的巨獸所發出的咆哮。

距離大門兩百梅爾的防衛線上，僅有的三百名衛士光是要停留在現場就已經相當不容易。稍有一點差錯，隊伍就算在尚未交戰的情況下瓦解、分散也不奇怪。對所有的衛士來說，不要說戰爭了，這根本是他們首次經歷賭上性命的實戰。

之所以還能堅守崗位，完全是因為三名整合騎士的背影。他們就站在比防衛線最前列還要前面的地方。

負責左翼的是「霜鱗鞭」艾爾多利耶・辛賽西斯・薩提汪。

中央是身兼部隊指揮官的「天穿劍」法那提歐・辛賽西斯・滋。

而右翼則是「熾焰弓」迪索爾巴德・辛賽西斯・賽門。

三名騎士身穿在黑暗中依然綻放美麗光芒的全身鎧甲，雙腳穩穩踏在地面上，一動也不動地等待著敵軍。

騎士們心中也存在恐懼與膽怯。雖然和衛士不同，他們都擁有實戰經驗，但幾乎都是和暗黑騎士的一對一戰鬥。連副騎士長法那提歐，甚至是後方指揮第二部隊的整合騎士長貝爾庫利・辛賽西斯・汪都沒有跟如此大規模的軍隊戰鬥過。

而且身為人界支配者的公理教會最高司祭亞多米尼史特蕾達已經不在這個世上了。

教會也喪失了其象徵的絕對正義很長一段時間。

很諷刺的是，站在這個戰場的騎士們，最後的依靠竟然是過去應該被「合成祕儀」破壞掉的唯一一種感情。

迪索爾巴德．辛賽西斯．賽門毅然挺起胸膛等待著敵軍，並以右手指尖默默地撫摸握著熾焰弓的左手無名指上那只戒指。

屬於最古老整合騎士一員的他，耗費了超過百年的歲月在守護人界北方的秩序上。

像是擊退黑暗領域想越過盡頭山脈的入侵者、驅逐領地內出現的大型魔獸、逮捕偶爾會出現的犯了禁忌的罪人。從很久之前，他就放棄思考自己為什麼會被賦予這些任務。他對自己是從神界被召喚而來的騎士這一點深信不疑，於是對於地面上的人類生活沒有一絲興趣。

經常讓這樣的迪索爾巴德產生困惑的，是經常會在天亮之際降臨的不可思議夢境。

那是一隻晶瑩白皙的小手。小手的無名指上那只簡樸的銀色戒指正發出光芒。

那隻手撫摸他的頭髮並碰了碰他的臉頰，接著輕搖他的肩膀。

然後可以聽見溫柔的呢喃聲。

——親愛的，快起床。天亮嘍……

迪索爾巴德沒有對任何人說過這個夢。因為他認為事情要是傳進元老長的耳朵，就會被用術式消除掉。而他不想失去那個夢。因為自從他以騎士的身分醒過來時，左手無名指上就帶著一只戒指，而這只戒指的設計感就跟夢中那隻小手上的發光戒指一模一樣。

那個夢是自己在神界時的記憶嗎？如果在這個下界完成身為騎士的使命，獲得回歸天上的允許，是否能夠再次與那道聲音的主人重逢呢？

迪索爾巴德有很長一段時間都把這個疑問——或者可以說是願望隱藏在心底深處。

但是半年前，讓中央聖堂產生劇震的大事件當中——

迪索爾巴德與反叛教會的兩名年輕人戰鬥，即使用上了武裝完全支配術也還是被打敗。以未曾見過的劍術擊破熾焰弓之火的黑髮年輕人，在戰爭結束不久後說出令人難以相信的話。

整合騎士並非從神界被召喚過來。他們跟生在人界的一般民眾一樣，只是被封印記憶並塑造成騎士而已。

實在無法相信應該代表至高之善、絕對秩序、完美正義的最高司祭亞多米尼史特蕾達會做出這樣的惡行，欺騙了所有騎士。但是那兩個年輕人擊退了副騎士長法那提歐、騎士長貝爾庫利、元老長裘迪魯金，最後到達中央聖堂的最上層，甚至從亞多米尼史特蕾達手中獲得了勝利。如果他們只是一般的反叛者，劍上面不可能寄宿著如此的力量。

其實一開始與他們戰鬥時就知道了。從他們直率的劍招裡，感覺不到一絲的虛偽與欺瞞。

這樣的話，夢裡那隻小手的主人就不是在神界，而是出生在地上的人類了。

了解這才是真實的時候，迪索爾巴德有了成為騎士以來首次出現的舉動。他把左手的戒指抱在胸前，從雙眼裡流下淚水。

因為人界的人民和整合騎士不同，天命最長也只有七十年左右。這就表示，迪索爾巴德知道再也無法和稱呼自己為「親愛的」的那個人碰面了。

但他還是決定回應騎士長貝爾庫利的要求前往決戰之地。

即使是遙遠過去的事情，他還是決定守護那隻小手的主人與他共同生活的這個世界。

也就是說，讓整合騎士迪索爾巴德·辛賽西斯·賽門在面對暗之國的龐大軍勢還能不退半步的力量，就是應該已經被刪除的一種感情——亦即「愛」的力量。

雖然不知道他的這些心事，但是站在同一個地方的騎士法那提歐、騎士艾爾多利耶也都各自為了心愛的人而戰。

迪索爾巴德的右手從戒指上移開後，就從擺設在旁邊地面上的巨大箭筒裡同時抓出四枝鋼箭來。

然後把它們一起架在水平舉著的神器——熾焰弓上。

武裝完全支配術的詠唱已經幾乎完成。法那提歐他們似乎打算儲備戰力，但是迪索爾巴德的奧義在混戰中無法發揮力量。在消費愛弓一半天命的覺悟下，整合騎士用力吸了口氣，接著叫出最後一句術式：

「Enhance armament！」

紅蓮。

從銅之大弓上迸發的巨大火焰，火紅地照耀出靠近到兩百梅爾前方的眾侵略者身影。

架在弓弦上的四枝箭也都纏繞著鮮紅火焰並發出光芒。

「——吾是整合騎士迪索爾巴德・辛賽西斯・賽門！站在吾面前者，將遭火焰燒至屍骨無存！」

雖然本人沒有記憶了，但是八年前從北部邊境的小村莊裡帶走一名少女時，他也同樣如此自報姓名。但是解開厚重鋼製頭盔的現在，他的聲音在帶有豐富抑揚頓挫的情況下高聲響起。

騎士的手指解放被拉到極限的弓弦。

隨著「滋咚！」的轟然巨響，四條火線呈放射狀被發射了出去。

這場之後被稱為「地底世界大戰」的戰爭，最初的犧牲者正是從山谷左側往前突進的平地哥布林族士兵們。

平地哥布林族的新首領西勃利沒有像山地哥布林族的新族長柯索吉那樣的智慧與謀略，只是體格與臂力相當突出的年輕人。因此面對即使單人也擁有壓倒性戰鬥力的整合騎士也沒有任何策略，只是魯直地命令五千名士兵進行突擊而已。

迪索爾巴德的四枝火箭從正面貫穿了密集跑在一起的平地哥布林軍，發揮出最大的效果。第一擊就有四十二名哥布林步兵瞬間被燒成灰燼，牠們周圍的士兵也因此產生動搖。但是牠們的突擊打從一開始就沒有任何秩序，絕大部分嗜血的蠻兵直接踏過同族被燒焦的屍體、撞飛膽怯的伙伴後繼續著毫無秩序的疾驅。

迎擊的迪索爾巴德再次把四枝箭架到熾焰弓上。

他這次不再放寬瞄準的目標，直接把整束箭發射出去。

纏繞著烈焰的大槍命中隊伍正中央，引發了猛烈的爆炸。許多士兵發出尖銳的悲鳴，一邊被高高地轟飛了出去。雖然造成超過五十名的犧牲者，但平地哥布林的突進依然沒有停止。

當然不可能停下來。並進的兩哥布林族後面還有兩千名半獸人族與一千名巨人族緊追著，一旦停下來就會被軀體大出數倍的他們踩扁。

即使眾平地哥布林沒有像山地哥布林族新首領柯索吉那樣具體的想法，還是對被輕視為最低層種族以及遭受虐待懷有憤怒與怨恨。而哥布林認為人界人民，以牠們的話來說是「白伊武姆」將會變成地位比牠們低下的奴隸，於是就把這些感情轉變成對於人界人的憎惡。

首領西勃利那以哥布林來說異常強壯的雙臂緊握著粗獷的戰斧，這時牠高舉起斧頭發出猙獰的吼叫聲：

「你們幾個！先把那個弓箭手幹掉！包圍起來後把他砍成碎片！」

「喔啦啦啦——！幹掉他！幹掉他！幹掉他！」

戰鬥的吼叫聲在五千名士兵中擴散開來。

迪索爾巴德默默承受著龐大的憤怒與殺意，接著第三次發射火箭。雖然又有五十隻以上的哥布林變成木炭，但敵人部隊依然沒有停止突進。

當敵我雙方的距離不到五十梅爾，迪索爾巴德就收起熾焰弓的火焰，切換成一般的射擊。他以猛烈的速度從箭筒裡抓出鋼箭，進行沒有瞄準目標的亂射。他的一枝箭最少可以貫穿兩隻甚至是三隻哥布林。

可以看見拔劍的衛士迅速跑到這樣的迪索爾巴德兩側。

「保護騎士大人！別讓那些傢伙的刀刃傷害到他！」

如此大叫的是一名才不過二十多歲的年輕衛士長。他雖然將藉由不斷練習所熟悉的兩手用大劍擺在身體前方。但是劍尖卻微微發抖。

迪索爾巴德很想表示「退下吧，不要逞強了」。因為他認為年輕衛士們雖然受到眾騎士嚴格的指導，但心理與技術都尚未到達能承受血戰的領域。

但他還是吸了一大口氣才低聲叫道：

「抱歉。左右拜託你們了。」

「交給我們吧！」

衛士長咧嘴豪爽地笑了起來。

數秒後——

平地哥布林士兵殺過來的蠻刀，與衛士隊迎擊的長劍就發出了首道尖銳的碰撞聲。

＊＊＊

在這數秒之前。

峽谷的中央，副騎士長法那提歐・辛賽西斯・滋正用以這個世界的常識來判斷的話相當奇妙的姿勢來迎擊敵軍。

站立的她雙腳大大地張開，並且呈現往左側身的姿勢。舉到肩膀高度的右手上緊握著神器——天穿劍的劍柄。但是拳頭卻是朝上，水平倒著的劍柄底部則是用鎧甲的護肩支撐著。

另一方面左手則伸向前方，以手掌撐著天穿劍的劍身。如果加百列與瓦沙克看見這副光景，應該會浮現同樣的感想吧。也就是——她看起來就像架著來福槍的狙擊手一樣。

某種意義上來說，她的確可以算是狙擊手。法那提歐一面讓往這邊殺到的敵軍靠到極限的距離，一面尋找著最有效果的狙擊點。

迪索爾巴德的熾焰弓能夠以射箭方式來放寬或者縮小攻擊範圍，不過天穿劍就只能夠朝著單點發射極細的光線。因此就算對著龐大的敵軍發射效果也不大。

應該瞄準的是身在敵陣某處的指揮官——也就是某名暗黑界十侯。

黑暗領域的軍隊是被力量與恐懼所控制。一般士兵絕對服從指揮官，不論面臨什麼狀況都會遵照命令戰到最後一兵一卒為止。但反過來看，這就代表只要擊斃指揮官，全體就會瞬間喪失統率。

——我們過去也是這樣。

法那提歐霎時有這樣的感慨。

最高司祭亞多米尼史特蕾達死亡的消息，差點讓整合騎士團在一夜之間崩壞。是靠著貝爾庫利的話才讓陷入極端混亂的騎士們振作起來。

——我們的使命與存在的意義是遵從最高司祭與元老院的命令嗎？

——錯了。是要保護在人界裡生活的民眾。

——只要有保護他們的意志，我們到死為止就一直是騎士。

事實上也不是所有騎士都理解這些話並且遵從騎士長。因為來到這個戰場的騎士甚至不到二十個人。

但是他們所有人都有戰到最後一人也要贏得戰爭的意志。而共赴死地的五千名衛士應該也是一樣。這就是他們與黑暗領域軍隊的決定性差異了。

法那提歐把愛劍的劍鍔靠近脫掉銀色面罩後的素顏，瞪大了雙眼仔細觀察敵軍。

發出震地聲響往前突進的哥布林部隊，這個時候已經逼近到一百梅爾的距離。右翼的迪索爾巴德開始用武裝完全支配術來攻擊，鮮紅的爆炸火焰兩三次照亮了夜晚的天空。

這剎那間的光輝——

終於讓法那提歐發現了尋找的目標。

像是在驅趕打前鋒的哥布林部隊一樣，從後方中央不斷往前進的眾多巨大影子。他們是體格超出人類兩倍以上的巨人族。站在最前面，而且身材比周圍巨人高出一個頭的雄偉身軀，正是屬於過去曾經見過一次的首領，也就是十侯之一的西古羅西古。

巨人是自尊心強到甚至可以說極為高傲的一族。只以身體大小作為優劣判定尺度的他們，內心甚至瞧不起暗之國實質上的支配階級，也就是有著淺黑色皮膚的人類。

這樣的話，只要在戰端開始前一擊打倒族長，他們應該就會產生很大的動搖吧。

法那提歐深吸了一口氣，接著屏住呼吸並呢喃：

「Enhance armament！」

傳出低沉震動般的聲音後，天穿劍的劍身就包裹在宛如太陽（索魯斯）的白光當中。

法那提歐將銳利劍尖射出的直線對準西古羅西古跑在遙遠彼方的巨大身軀，接著尖聲大叫：

「光線啊——貫穿他吧！」

震動的空氣發出「滋啪——！」的聲音，凝縮了索魯斯力量的眩目熱線貫穿了戰場。

＊＊＊

「……開始了……」

整合騎士連利．辛賽西斯．推尼賽門邊聽著遠方連續的爆炸聲，邊丟出這麼一句呢喃。

連利是志願防衛人界的七名上位騎士之一。也就是說，他是能夠獨自擔下不少守備軍戰力比率的主力中的主力。

但是他現在抱住膝蓋所蹲著的地點，卻不是本來應該站的位置，也就是守備軍第二部隊的左翼最前列。此處是遙遠後方某座儲備物資用的微暗帳篷裡的一個角落。

他忍不住逃走了。

十幾分鐘前，他趁著開戰前的混亂跑開，找到無人的帳篷躲進去後，就只是屏住呼吸並豎起耳朵。

連利之所以做出這樣的舉動，理由跟他參加守備軍的動機可以說完全一樣。

失敗作。

被最高司祭亞多米尼史特蕾達做出這種判斷的連利，根本沒有盡到什麼整合騎士的責任，就被冷凍了長達五年的時間。原本是為了洗刷這個汙名而投身戰場，但是在最後的最後卻承受不住恐懼。

雖然已經從連利的記憶裡頭刪除，但他過去在薩查庫羅伊斯南帝國裡是被稱為難得一見的天才劍士。稚齡十三歲就來到央都聖托利亞，隔年便完成在四帝國統一大會裡獲得優勝的壯舉，被封為整合騎士。

因為「合成祕儀」而喪失至今為止的所有記憶，以騎士的身分醒過來之後，他依然顯示出優秀的劍術天分。以特異的速度被任命為整合騎士，最高司祭也親手賜予他神器。

當要下賜祕藏在中央聖堂裡的神器時，並非由最高司祭或者騎士選擇武器。實際上是完全相反，是由神器來選擇自己的使用者。選擇的依據是騎士的靈魂與神器記憶之間產生的某種共鳴現象。

連利與他的神器，兩片一組的飛刀「雙翼刃」確實產生了強烈的共鳴。

但是令人難以置信的是，他一直沒辦法發動上位騎士的證明，也就是武裝完全支配術。光是這樣，就足以讓最高司祭對連利失去興趣了。而在他之後成為整合騎士的愛麗絲・辛賽西斯・薩提所具有的壓倒性才能，也讓連利的存在意義變得更加薄弱。

理論上來說，這件事情的責任算到連利身上也未免太殘酷。因為愛麗絲的才能可是足以讓她一下子就躍升為騎士團第三名，甚至還被賜予最強、最古老的神器「金木樨之劍」。但實際上連利就因此被蓋上失敗品的烙印，也被強制進入漫長的睡眠狀態。

遭到元老長用「Deep freeze」術式變成冰雕的瞬間，他所感覺到的是巨大的缺陷感。自己欠缺了某種重要的東西……所以才會即使和雙翼刃產生共鳴也無法支配它。

經過漫長的時間，連利再次醒了過來。

當時正處於讓中央聖堂產生激盪的反叛事件當中。常駐的騎士們甚至是騎士團長貝爾庫利都被擊敗，身為王牌的愛麗絲也陷入生死不明的狀態，在元老長裘迪魯金的判斷下連利才得以被解凍。

但是連利還是沒辦法盡到自己的責任。在完全覺醒前裘迪魯金與最高司祭亞多米尼史特蕾達就被擊斃，好不容易能夠動彈的他所看見的是整合騎士團陷入極端混亂的狼狽模樣。

代替最高司祭肩執掌指揮權的貝爾庫利，要求他參加對抗暗之國大規模侵略的絕望任務。法那提歐、迪索爾巴德、愛麗絲等上位騎士雖然歷經了敗北，但是回應要求而奮起的他們在連利眼裡看起來卻是比之前更加耀眼。

只要和他們共同行動，說不定就能了解自己到底欠缺了什麼，以及為什麼神器不願意回應自己。

原本蹲在大廳角落的連利畏畏縮縮地站起來並舉起自己的手。貝爾庫利用力點了點頭並把大手放在連利肩上，然後只說了一句「拜託你了」。

但是——

初次的戰場，甚至是初次面臨實戰的沉重壓力卻遠超過他的想像。遠在一千梅爾外的龐大黑暗軍勢所散發出的殺意與欲望，形成揮之不去的金屬味如浪潮般襲來，當連利回過神來時才發現自己已經逃走了。

——站起來。得回到自己擔綱的位置去才行。現在不戰鬥的話，我就永遠是失敗作了。

在躲進去的帳篷當中，他數次這麼激勵著自己。

但是在連抱住膝蓋的雙手都還沒鬆開時，沉重的地鳴與凶猛的吼叫聲就宣告已經開戰。

「…………開始了…………」

連利再次這麼呢喃。

感覺裝備在腰部兩側的一對飛刀就像在指責主人般微微震動了起來。

但已經回不去了，現在還有什麼臉回去站在相信自己的騎士長與眾衛士面前。

——有沒有我在都是一樣。無法使用武裝完全支配術的上位騎士，待在那裡反而礙事。

當他一邊浮現藉口般的思緒，一邊準備把兩膝之間的臉埋得更深一點時——

帳篷入口處傳來細微的聲音，連利嚇得全身震動了一下。

「緹潔，這裡怎麼樣？」

「難道是來找我的嗎？」當連利不像個騎士而怕到整個人僵住時，就又聽見另一道聲音。

兩道聲音似乎都來自於年輕女性。

「嗯，這座帳篷應該沒問題。羅妮耶。把學長藏在深處，我們就守在入口吧。」

＊＊＊

巨人族的首領西古羅西古，是一名相貌堂堂，下巴長著銅色鬍鬚，有著一頭蓬髮而且小山般身軀上有無數傷痕縱橫的傳說級鬥士。

以最純粹的方式實現黑暗領域「有實力者可以支配一切」這條唯一法律的，應該就是他們這些巨人了吧。從他們快要懂事的時期開始，就不斷進行比賽力量、技術、膽量的篩選，藉此決定出比暗黑騎士團還要嚴密的地位順序。巨人族的領地位於黑暗領域西方的高原地帶，原本應該會大量湧出的巨獸與魔獸卻陷入經常性枯竭的狀態。這是因為巨人們各種的成長儀式都以牠們為目標，所以這些動物也就被狩獵殆盡了。

巨人族為什麼如此嚴格要求自己維持強者的身分呢？

因為不這麼做的話，他們的靈魂，也就是「人工搖光」將會崩壞。

黑暗領域的亞人四種族，是將人類的「精神原型」封進非人肉體的極扭曲存在。為了防止意識崩壞，就需要精神的安全閥。

比如說哥布林族，就是藉著將因為矮小身軀產生對人類的劣等感轉變成怨恨與憎惡等能源來保持自我。

巨人族反而是靠著獲得對人類的優越感來壓抑是人且非人的扭曲靈魂。

所有巨人都認為，至少在一對一的時候絕對不會輸給人類。這就是他們的精神依靠，也是絕對的鐵則。所以才會對年輕人們施加已經是過量的成長儀式，即使因此而刪減了種族的總數也要提升個體的優先度。

所以——

被召集到這個戰場的千名巨人族戰士，個性雖然沉默寡言，但是都燃燒著強烈的鬥志。對於他們這些在古老「鐵血時代」後才出生的世代來說，這是首次經驗的大規模戰爭。

族長西古羅西古認真地想著：

要在首次的突進就把敵人全軍屠殺殆盡並結束戰爭。

不給皇帝貝庫達當成軍隊主力的暗黑騎士團、暗黑術士團以及拳鬥士團出場的機會。藉由不用他們也能獲勝來證明巨人族才是最優秀的種族。

拿到的子骷髏喀噠喀噠地震動下顎傳達皇帝的突擊命令時，西古羅西古就感覺到刻劃在全身的舊傷痕瞬間帶著熱度。他認為這是至今為止空手撕裂的無數大型魔獸力量轉移到自己身上的證明。

「——踩扁他們！」

以轟雷般聲音所發出的，就只有這麼一句命令。

光是這樣就夠了。和周圍可靠的勇士們同時舉起右手的巨大戰鎚，西古羅西古接著就震撼著大地開始突進。

前方的谷底擠滿了人界的士兵。

對於身高達三梅爾半的巨人來說，那脆弱到幾乎和哥布林矮小的身軀沒有兩樣。裝備著的劍甚至比剛出生的岩鱗龍嘴裡的牙齒還要小。

要徹底擊潰、踢飛、撕裂他們。

刻劃在西古羅西古靈魂裡的優越意識電路開始變得火熱，爆出快感的火光。他四角形的下巴扭曲，露出了凶暴的微笑。

剎那間——

異樣但並非首次體驗到的感覺從脊椎下方往上閃過。

寒冷且令人麻痺。就像是被冰針貫穿一樣。

很久很久以前，他也嘗過這樣的感覺。那是在村子不遠的「雛鳥山谷」深處，進行最初的試練。當他去拿噬咬鳥的蛋，而母鳥從頭上飛降下來時……

西古羅西古一邊持續突進一邊瞪大雙眼，尋找著感覺的來源。

眾人界人的隊伍前面，谷底正中央的地方可以看見一個小小的人類。對方有著長髮與纖細的身軀。女人——是身穿閃亮銀色鎧甲的騎士。

過去曾經看見過一次在盡頭山脈上面飛舞的人界龍騎士。雖然想著降下來的話就要把他打扁，但對方只是在上空盤旋了兩三次後就直接飛到山脈內側離開了。

那種傢伙算得了什麼。

但是，那個女騎士的黑眼睛。

明明距離三百梅爾以上，西古羅西古卻能明確地感受到從騎士身上發出來的視線。那裡面沒有任何一絲絲原本應該存在的恐懼與膽怯。

相對的，眼神裡存在的是選定、瞄準獵物後的冷靜透徹。

……我變成獵物了？

我這個巨人族的首領，也就是暗黑界五族中最強戰士的西古羅西古？

「咿咕……」

從他喉嚨深出發出不符合嚴厲外表的沙啞悲鳴。

力量從雙腳流失，右手的大鎚也變得異常沉重。西古羅西古失去平衡，整個人往前傾倒。

下一刻——

發出「滋啪！」一聲至今為止從未聽過的低吼，女騎士架起的劍上就有一道刺眼的閃光一直線發射出來。閃光輕易地貫穿跑在西古羅西古前面的巨人右胸。

如果西古羅西古沒有跌倒，光線接下來就會貫穿他的心臟了吧。

不過白光還是把巨人族首領紅色蓬鬆長髮的一部分，以及獵物牙齒所製成的耳環還有右耳一起蒸發掉了。

接著又貫穿兩名跑在後面的友軍頭部，奪走他們的性命後才終於化成細微光粒消失無蹤。

一瞬間喪失所有天命的三名巨人，就像圓木一樣整個倒了下去，而西古羅西古則幾乎沒有意識到他們的死亡。就連頭部右側被燒焦的劇烈疼痛，在侵襲他的巨大感情面前都像是被小蟲刺到一樣。

那種感情，也就是恐懼。

西古羅西古狼狽地癱坐在地上，下巴不停地抖動著。

當他目擊暗黑將軍夏斯達引發的叛變騷動時，雖然驚訝但還是沒有感覺到恐懼。幻化成黑色龍捲風的夏斯達所殺死的，不過就是虛弱的暗殺者與兩隻哥布林而已。雖然不得不承認皇帝貝庫達的實力，但他不是人類而是遠古的神明，所以沒有任何問題。

但是那麼小的一個女騎士，為什麼可以讓自己感受到如此強烈的恐懼？

對方不過是人類，這個西古羅西古怎麼可能會嚇得腳軟。

「不可能……不可能。騙人，騙人的！」

巨人族首領在燒焦的頭髮冒煙的情況下如此呻吟著。

這絕對不可能。自己不可能會害怕。越是這麼想，腦袋深處就出現越多白色火花，產生強烈的疼痛。他的嘴與舌頭高速產生痙攣，開始不停地流出變成奇妙聲音的發言。

「不可能不可能不可能，殺了她，殺了她，殺了她殺了她殺了她，殺了殺了殺了殺了殺了……」

這個瞬間，建構在西古羅西古搖光中心的堅固「主體」——身為最強者的自我形象，與腳軟而無法站立的「狀況」造成了無法迴避的衝突，讓LightCube裡的光量子電路開始崩壞。

從巨人的雙眼迸發出鮮紅光芒。

「殺了，殺了，殺————」

在呆立於周圍的巨人族戰士茫然注視下，西古羅西古忽然跳了起來。

他把巨大戰鎚像是小樹枝般呼呼揮舞著，然後以凶猛的速度再次開始突擊。

他將待在前方的同族往左右兩邊撞開，轉眼間就趕上打前鋒的哥布林部隊。毫不減慢速度就衝進部隊當中的他，腳下立刻傳來許多濕濡的聲音與尖銳的悲鳴，不過意識逐漸崩壞的巨人根本無法認知到這一點。

只有「殺掉那個女騎士」這個命令像鬧鐘一樣不停在腦袋裡響著。

＊＊＊

總而言之，平地哥布林族的首領西勃利與巨人族的首領西古羅西古都太看輕整合騎士這個存在了。

不過只有率領侵略軍前鋒右翼的山地哥布林族首領柯索吉不一樣。牠從重大的犧牲當中，學習到整合騎士擁有壓倒性武力的事實。

哥布林與半獸人的大部隊挖開盡頭山脈北邊堵塞的洞窟，並且入侵盧利特村的行動就是由柯索吉所策劃。雖然牠本身在黑曜岩城裡走不開，不過牠派了兵員給自己的三名親兄弟，並唆使半獸人族一起實行入侵作戰。

但是卻只獲得慘澹的結果。在接到部隊全滅，兄弟也全都陣亡的報告而感到愕然的柯索吉面前，好不容易才拖著一條命逃回來的少數士兵們，嘴裡叫喚著一個令人難以置信的事實。

牠們說，總數超過兩百頭的哥布林與半獸人聯合侵略部隊，只因為一名騎士與一隻飛龍就落敗了。

雖然是很難相信的一件事，但柯索吉沒有愚蠢到會浪費付出這麼大代價才學會的教訓。他下定決心，再也不做出正面挑戰人界整合騎士的愚蠢行為。

但這次的大舉侵略行動，皇帝貝庫達對山地哥布林下達的正是這樣的命令。

暗黑術師的首領蒂伊．艾．耶爾應該相當清楚整合騎士的恐怖之處吧。所以才會對皇帝獻上這個作戰計畫。把哥布林、半獸人與巨人族當成棄子，在山谷裡製造出無秩序的混戰狀態，然後用暗黑術把他們和所有整合騎士一起燒死。

既然皇帝認可了蒂伊的作戰，自己也只能遵從命令。柯索吉花了三天三夜的時間來思考對策。該怎麼樣才能實行這魯直的突擊命令，又能夠從前方整合騎士以及後方暗黑術師的死亡夾擊下逃走。

好不容易才想出來的奇策，正是他發給屬下的那些灰色小球。

一接到皇帝的命令就往谷底突進的柯索吉，在遙遠前方發現了一名身穿閃亮鎧甲的高大整合騎士。

雖然那不是在盧利特村裡毀滅侵略部隊的愛麗絲．辛賽西斯．薩提，而是她的弟子艾爾多利耶．辛賽西斯．薩提汪，但柯索吉根本無從判斷。不論如何，對於哥布林族來說，他就是散布無情死亡的惡魔。

「好……丟出去吧！」

距離騎士不到五十梅爾時，柯索吉發出了新的命令。

同時也用力捏碎握在自己左手裡的小球。

裂開的小球隨著啪嘰一聲冒出小小的火花。當然那並不是火藥之類的東西。現在的Underworld裡，不存在這種文明等級的物體。

另外也不是由術式所生成的熱素。被裝進球體中央的，是只棲息在山地哥布林族的聖地，也就是暗之國最北邊火山的「火打蟲」這種小型甲蟲。不小心把牠壓扁的話就會噴灑高溫火焰，讓手受到燒傷。

包裹住火打蟲的灰色球體，這也是將產在北方的一種苔類以索魯斯曬乾，磨成粉末後精製並且再次烘乾所製成。只要一點火就會冒出大量煙霧，本來是用來製造狼煙。但是柯索吉卻利用跟暗殺公會同樣的濃縮技術，把該物體的效果增強了數十倍。

結果——

柯索吉與手下一起丟出去的苔球，就變成了強力的煙霧彈。被火打蟲點著的球體，不斷冒出讓人看不到眼前的煙霧，覆蓋住東西向峽谷的左半部。

即使哥布林的眼睛再怎麼好，在這樣的煙霧中也很難進行作戰。

但是柯索吉的計策並不是趁著煙霧打倒敵人。在衝進濃密的煙霧之前，牠喊出了第三個命令：

「小子們，快跑啊——————！」

牠迅速把開山刀收回背上的刀鞘，雙手撐到地上。身材本來就相當矮小的哥布林，趴下來的話就只有人類膝蓋以上左右的高度。而地面附近的煙霧比較淡，還算可以看見敵兵的位置。

族長柯索吉與五千山地哥布林兵完全無視艾爾多利耶與衛士隊就穿越他們，持續往山谷深處跑去。

皇帝的命令就只有突擊敵軍。並沒有指定敵軍的什麼地方。柯索吉訂下的計畫是錯開敵方主力，尤其是整合騎士，直接襲擊應該待在後面的補給部隊。

躲到前線部隊後面去的話，就能迴避暗黑術師與食人鬼弓兵之後一定會從後方降下來的同時攻擊。等到整合騎士與衛士隊受到火焰與箭的毀滅性打擊後，再回過頭來給他們致命的一擊，如果敵軍依然強大的話，只要逃進無限寬廣的人界就可以了。

就這樣，在寬百梅爾的山谷內同時展開的三處戰端，就只有北側在沒有流血的情況當中進行了一陣子。

這時候在艾爾多利耶背後布陣的人界守備軍第二部隊的衛士們，終於開始發現身為指揮官的上位整合騎士，連利・辛賽西斯・推尼賽門在不知不覺間就消失了。

***

守備軍的第一名犧牲者，是第一部隊前線右翼一名剛步入老年的衛士。他當時正在迪索爾巴德身邊奮鬥著。

原因是來不及用盾牌擋下哥布林投擲過來的手斧。

他原本是長年在威斯達拉斯西帝國禁衛軍裡擔任小隊長的下級貴族。劍術雖然相當不錯，但天命已經快要接近降下線前端也是不爭的事實，斧頭陷進他滿是皺紋的脖子後已經造成了致命傷。即使在後方待機的修道士隊緊急詠唱治癒術，也來不及彌補他受到的傷害。

迪索爾巴德立刻停止弓箭的亂射，準備對倒地的老衛士施行高等治癒術。但是衛士卻搖了搖頭，一邊吐出大量鮮血一邊大叫：

「不行！這是我這個老頭的天職與天命……騎士大人，我們的國家，就拜託……你……了……」

下一刻，生命力放射出一定程度的空間神聖力，然後老衛士就死亡了。

迪索爾巴德咬緊牙根，把老衛士的生命轉變成熾焰弓的火焰，射穿了投出手斧的哥布林士兵。

之後守備軍的衛士也零散但是不斷地出現陣亡者。而數十倍於他們的亞人們同樣唯唯諾諾地遵從毫無慈悲心的突擊命令，然後命喪於戰場之上。

在戰場上分散開來的大量天命神聖力，幾乎都變成光粒朝天空升去——

峽谷的遙遠上空。

一隻飛龍趁著夜色滯留在空中。

天命就旋轉並濃縮到身穿黃金鎧甲，穩穩站在龍背上的整合騎士身邊。

＊＊＊

根本沒有可以藏身的時間與地點。

連利只能在物資帳篷深處陰暗地點縮起背部，維持抱膝的姿勢等待靠近的人影。

採光用圓洞透下來的些微光線所照出來的，是兩名年紀看起來大概十五六歲的少女。其中一個有著漂亮的紅髮，另一個的頭髮則是深茶色。在看來像學院制服的灰色束腰外衣與裙子上又加了輕裝鎧甲，左腰上掛了細長的直劍。連利不認得她們，而且從裝備的等級來看，應該不是騎士而是一般民眾擔任的衛士吧。

奇妙的是深茶色頭髮的少女所推著的金屬製椅子。這張以四個輪子代替椅腳的椅子上，坐著一名深深垂著頭的黑髮年輕人。連利的視線被他的臉給吸引了過去。

大概是二十歲左右吧。對方除了瘦得驚人之外，右臂也欠缺了肩頭以下的部分。乍看之下，只有他比兩名少女還要柔弱的印象。但是青年左臂緊緊抱住的兩把長劍——即使收在劍鞘裡依然散發出壓倒性存在感的兩把武器，讓連利一看就知道是優先度高於雙翼刃的高等神器。

這到底是怎麼回事？要獲得正式所有權就不用說了，其實光是像那樣放在膝蓋上，應該就需要等同於整合騎士的臂力。但茫然凝視著空中的青年看起來實在不像有那種力量。

當他想到這裡時，少女們似乎也注意到蹲在暗處的連利，於是迅速吸了口氣並停下腳步。

紅髮少女以有些出乎意料之外的速度將右手伸向劍柄。

在她拔劍之前，連利就用沙啞的聲音說：

「我不是敵人……抱歉嚇到妳們了。我可以站起來嗎？會讓妳們看見我的雙手。」

「……好的。」

等待少女以僵硬的聲音回應，連利才緩緩站起身子。在保持高舉雙手的狀態往前走了一兩步之後，從屋頂洞穴照射進來的殘光就讓最高級的鎧甲與兩邊腰部的神器發出閃亮光芒。少女們猛然屏住呼吸，急忙挺直了背桿。離開劍柄與椅子的右手，放到左胸前做出敬禮的動作。

「騎……騎士大人！失禮了！」

連利搖了搖頭來制止鐵青著臉準備繼續道歉的紅髮少女。

「沒有啦……是嚇到妳們的我不好。而且我已經……不是整合騎士了……」

雖然後半部已經變成幾乎快聽不見的呢喃聲，但兩名少女還是露出驚訝的表情來眨著眼睛。也難怪她們會覺得困惑。因為從連利背上垂下來的鑲邊白色披風，以及胸甲中央那個閃閃發亮的十字加上圓形的公理教會紋章，正是他身為整合騎士的證明。

連利邊像是想用右手指尖遮住公理教會紋章，邊從他自嘲般扭曲起來的嘴裡說出真相：

「我剛才丟下自己擔綱的區域逃到這裡來了。最前線已經開始戰鬥。現在由我負責指揮的部隊應該產生了很大的騷動。甚至已經出現犧牲者了。即使是這樣還躲在這裡無法動彈的我，哪還有資格當什麼騎士呢？」

他咬緊了嘴唇，然後稍微抬起視線。

可以看見紅髮少女瞪大的楓葉色眼睛裡映照出自己的身影。

額頭上垂了短短的灰色頭髮。圓滾滾的臉頰輪廓。以及看不出一絲騎士剛毅印象，宛如女孩般有著長睫毛的雙眼——這就是被封在十五歲稚齡當中的失敗品騎士。

當連利馬上要把眼神從最討厭的己身容貌上移開時——

紅髮少女就像又被其他事情嚇到了一樣以一隻手遮住嘴角。

「…………？」

連利一疑惑地皺起眉頭，就換成少女伏下視線輕輕搖了搖頭。

「抱……抱歉。沒什麼事……」

代替就這樣低下頭的紅髮少女，至今為止一直保持沉默的深茶色頭髮少女往前走，以細微但堅定的聲音自報姓名。

「請恕我們怠慢了。我們是隸屬於補給部隊的羅妮耶·阿拉貝魯初等練士以及緹潔·休特里涅初等練士。而這位是……桐人上級修劍士。」

「桐人」。

一聽到這個名字的瞬間，連利就因為過於驚愕而發出小小的叫聲。

他聽過這個名字。那不就是半年前，只靠兩個人就攻進中央聖堂的反叛者其中之一嗎？連利就是為了迎擊他們而被解凍，但是因為來不及覺醒而無法與其對戰。

那麼就是這名瘦削的劍士打倒了最高司祭亞多米尼史特蕾達嗎？他欠缺的右臂就是那場戰鬥留下來的傷痕嗎？

連利不知道為什麼就是感覺被這名露出空虛表情的青年壓迫，於是右腳就退了一步。名為羅妮耶的嬌小少女沒有注意到他的動作，只是以極認真的口氣繼續表示：

「那個……我無法對騎士大人您的狀況有任何的評論。因為我們雖然是守備軍的一員，但是也沒有到前線作戰，而是像現在這樣退到了後方。但是……現在絕對要守護騎士愛麗絲大人託付給我們這個人……就是我們的任務。」

愛麗絲——愛麗絲．辛賽西斯．薩提。

在各方面都與連利完全相反的年輕天才騎士。現在這個瞬間應該也單獨留在前線，準備著守備軍的祕策，也就是發動大規模的術式。

連利因此而承受了更加強烈的自卑感，這時露出認真表情的阿拉貝魯初等練士像是要把他逼入絕境般繼續表示：

「騎士大人，我知道這是任性的要求……但可否請您助我們一臂之力呢？老實說，光靠我們兩個人，可能連對付一隻哥布林都有問題。但我們無論如何……無論如何都得保護桐人學長！」

羅妮耶眼睛裡的眩目光芒，讓連利瞇起眼睛。

他認為那是把自己的使命確實刻劃在心裡，下定決心即使損失所有天命也要完成使命的人才擁有這樣的光芒。

——既然是初等練士，那就表示還沒有從學校畢業，連這樣的女孩子都有的東西，我到底是忘在哪裡了呢？還是說，當我以整合騎士的身分從這個人界醒過來時就已經欠缺了呢……

連利聽著從自己嘴裡傳出的沙啞聲音。

「我想……待在這裡就沒問題了。指揮守備軍第二部隊的是騎士長貝爾庫利閣下，如果可以突破那位大人的防守，那麼人界也等於是完蛋了。那時逃到任何地方下場都是一樣。我在戰爭結束前都打算坐在這裡。要待在附近的話，就不要打擾我……」

把語尾融化在無聲的嘆息中，連利再次回到帳篷深處重重坐了下去。

就在這個時候——

山地哥布林族首領柯索吉投出去的煙霧彈也不斷在整合騎士艾爾多利耶所負責的最前線左翼炸裂。趁著現場布滿濃煙的機會，大量的山地哥布林就像從大網目的布料流下的水一般鑽過了防衛線。

連利與兩名少女衛士都無從得知，牠們的目標正是殲滅人界守備軍最後方的補給部隊。

＊＊＊

構成巨人族首領西古羅西古靈魂的光量子聚合體，也就是搖光的崩壞正急遽進行著。

但是崩壞並非全體性，而是不斷在局部造成重大傷害，所以在搖光完全停止機能前還有一陣短暫的時間。而這種現象也產生了某種「副作用」。

由於西古羅西古數十年來不斷累積的對人族的憎惡與殺意一口氣解放出來，這些情感就從他的搖光溢出，經由控制LightCube Cluster的「Main Visualizer」，傳達到收納著副騎士長法那提歐靈魂的LightCube。

藉由想像力來直接控制事象。整合騎士們稱為「心念」的這股力量，暫時從身經百戰的騎士法那提歐身上奪走了行動的自由。

巨人族首領身高將近丈四梅爾的巨大身軀以恐怖的速度往前突進，並高高舉起右手上的大鎚。

——為什麼不能動？

法那提歐雖然想毆打不聽話的雙腳，但是她甚至連握拳都辦不到。

就算對方是巨人族的首領，身為整合騎士團副騎士長，怎麼可以因為被瞪一下就嚇得無法動彈。

雖然這麼對自己說道，但凍住的身體還是只能保持右膝跪地的狙擊姿勢。

和騎士長貝爾庫利比試時，雖然舉起長劍卻一直無法踏出腳步——她曾經有這樣的經驗。但是那時感覺到的，是被騎士長沉重但是帶有某種溫柔的氣息包圍住，而現在卻完全不同。全身都承受著宛如被帶有鐵刺的皮帶層層綁住一般的疼痛。

巨人族首領西古羅西古一邊發出異樣的叫聲，一邊撞開應該是友軍的哥布林與半獸人往這邊衝過來。這時距離已經不到五十梅爾。

一對一的話，他應該不是自己的敵手才對。

暗黑界的十侯裡，法那提歐只承認暗黑騎士團長夏斯達的實力。以前和他對戰時，歷經超過三十分鐘的激鬥才一個不小心被對方砍破面罩，看見法那提歐的素顏後夏斯達就收起劍來，這對法那提歐來說是相當屈辱的經歷。

但就連那個時候，她都不認為自己落敗了。因為貝爾庫利的嚴格命令，與暗黑騎士戰鬥時禁止使用武裝完全支配術。這樣的話，自己就不可能會輸給夏斯達以外的對手。光是被瞪住就嚇得無法動彈更是難以想像的事。

但是超越法那提歐理解力的現實，已經一刻一刻逼近到眼前。

距離巨大鐵鎚完全落下已經剩不到十秒鐘的時間了。得立刻站起來重新舉出長劍迎擊才行。只要能夠互砍，屬於稀有神器的天穿劍不可能會輸給西古羅西古那把粗陋的鐵鎚。

但就是站不起來。逼近到被無形枷鎖束縛的法那提歐眼前後，雙眼發出紅黑色光芒的巨人族首領……

「殺了人類殺了殺了殺了————」

一邊迸發出已經不像一句話的吼叫一邊轟然揮落鐵鎚。

————閣下。

法那提歐以無法動彈的嘴輕聲如此呢喃。

下位整合騎士達基拉．辛賽西斯．推尼滋自從以騎士身分醒過來後，就一直把自己的一切奉獻給一個人。

並非身為支配者的最高司祭亞多米尼史特蕾達。也不是騎士團長貝爾庫利。

副騎士長法那提歐才是達基拉盡忠的對象。達基拉深深被她近乎酷烈的激情，以及隱藏在這種感情背後的苦惱所吸引。

根據人界的基準來看，這種感情絕對屬於戀愛。

但是因為各種理由，達基拉完全封鎖了己身的感情。身為法那提歐直屬部隊「四旋劍」的其中一員，達基拉甚至捨棄了自己的容貌與姓名。只要能待在她的身邊，對達基拉來說就是喜出望外的幸福了。

四旋劍絕算不上下位騎士裡的精銳部隊。法那提歐判斷某些實力不足的騎士單身前往進行前線任務會有危險，於是便聚集他們，藉由讓他們學習連攜技來提高生存率，這些人也就是所謂的「吊車尾部隊」。

因此最高司祭與元老長對他們的評價不高，事實上半年前的反叛事件裡，就發生了四旋劍所有人都被兩名身為一般平民的學生打成重傷的丟臉失態。但是達基拉認為，無法好好保護法那提歐比自己的失態痛苦好幾倍。躺在醫院病床上時，達基拉有好幾次都覺得乾脆那時候就陣亡算了。

但法那提歐沒有斥責傷癒的達基拉等人，反而慰勞了他們辛苦。

脫下從沒有在公眾面前拿下來的銀面罩，美麗臉龐上露出微笑的副騎士長依序拍著他們四個人的肩膀並且這麼表示：

——我自己也差點喪命，還被反叛者們救了性命。你們沒有什麼好丟臉的。甚至可以說打了一場漂亮的仗。那個時候的「環刃旋舞」連攜技，是我見過的裡面最為精彩的一次。

那個時候，在頭盔底下含著眼淚的達基拉暗暗下定決心。

下一次絕對不再讓敬愛的副騎士長受傷了。

而所謂的「下一次」就是這個瞬間。

雖然接到有指示之前都待在自己負責的區域不要亂動的命令，但是一感覺到法那提歐的模樣有異常，達基拉就單獨從隊伍裡衝了出去。

距離單膝跪地的法那提歐，以及準備從她頭上揮落鐵鎚的巨人族首領長達二十梅爾以上。

就下位騎士的身體能力來看，這不是能趕到的距離。但是達基拉以全身拖著光線，讓人幾乎看不清楚的速度疾奔，衝到法那提歐面前後，以兩手拿著的大劍抵擋轟然落下的鐵鎚。

除了震動大地的衝擊聲之外，還有帶著紅色的閃光往外擴散。

達基拉的大劍和衛士們的劍比起來雖然算是神兵利器，但是優先度與上位騎士的神器之間還是有很大的差距。相對的，西古羅西古手中鐵鎚的優先度則是因為灌注了「殺之心念」而提升到令人害怕的程度。

抗衡狀態僅僅半秒鐘就崩壞，大劍劍身上出現數條龜裂。下一個瞬間，劍就灑出脆弱的光芒並碎裂。達基拉立刻丟下劍柄，空手抵抗往下落的巨大鐵鎚。

幾道鈍重的聲音透過身體傳出來。

雙手從手腕到上臂的骨頭全都出現了複雜的碎裂。

接著是令視界幾乎變成雪白的劇痛。從鎧甲縫隙噴出來的鮮血也飛散到頭盔表面。

「咕……嗚……喔喔喔！」

達基拉咬緊牙關，把快發出來的悲鳴轉換成振奮自己的吼叫，然後以頭盔的額頭阻擋雙手無法完全支撐的鐵鎚。

鋼鐵的十字頭盔很輕易就被擊碎，從達基拉的脖子、背骨以及雙膝傳出刺耳的聲音。疼痛化為灼熱的火焰竄遍全身，視界也變成一片鮮紅。

但下位騎士達基拉．辛賽西斯．推尼滋還是沒有倒下。

法那提歐就在身後。不能讓這把醜陋的武器整個揮落。

——這次一定要保護大人。

「咿……咿啊啊啊啊啊！」

從十字頭盔的變聲機能解放出來，尖銳的叫聲立刻從達基拉的喉嚨迸發。

由全身傷口滴落的血液，幻化成藍白色火焰包裹住達基拉。

火焰聚集在粉碎的雙手上，產生了眩目的爆炸。鐵鎚立刻被反彈回去，連同西古羅西古巨大的身軀也被轟飛到十梅爾以外的後方。

達基拉聽著巨人倒地的沉重地鳴，自己也跟著緩緩癱到地上。

「……達基拉！」

耳邊聽見了類似悲鳴般的叫聲。

——啊，法那提歐大人叫了我的名字。

——到底隔了多少年呢？

失去頭盔，露出小麥色綁成短辮子的頭髮與帶有雀斑的臉頰，達基拉就倒在副騎士長伸出的手臂裡露出些許微笑。

達基拉是在薩查庫羅伊斯南帝國海邊的小村莊出生長大。雙親都是沒有姓氏的貧窮漁民，天生體力就不輸給男性的她，一邊幫忙雙親工作一邊健康地成長著。

這樣的她，在十六歲時犯下了禁忌。也就是喜歡上了大自己一歲的同性好友。

當然她不可能做出告白這樣的舉動。因為太過於痛苦，達基拉在深夜時到無人教會的祭壇上進行懺悔，並乞求史提西亞神的原諒。但是那座祭壇直接連結了中央聖堂的自動化元老機關，被認定為違反禁忌者的達基拉就被帶到公理教會，奪走所有記憶後變成了整合騎士。

雖然現在連名字都想不起來，但達基拉戀上的那名年長的少女，與副騎士長法那提歐有些相似。

在朦朧的視界當中，法那提歐的美貌嚴重扭曲，而達基拉則以平穩的心情凝視著從她長長睫毛滴下來的眼淚。

——副騎士長大人正為了我而哭泣。

沒有比這個更令人感到幸福的事了。經過漫長痛苦的日子，最後終於完成應該做的事情，現在內心只有死得其所的充實感。

「達基拉……不要死！我馬上幫妳治療！」

悲痛的聲音再次於耳邊響起。

達基拉擠出最後的力氣抬起碎裂的左手，以發抖的指尖靜靜地擦掉從法那提歐臉頰滑落的淚滴。

先是露出燦爛的笑容，達基拉接著又把一直藏在內心深處的心意轉變成呢喃。

「法那提歐……大人……我會一直……喜歡……您…………」

這個瞬間，整合騎士達基拉·辛賽西斯·推尼滋的天命完全耗盡了。

騎士團最初的犧牲者就這樣永遠閉上了眼睛。

我——我到底在做什麼！

法那提歐抱緊滿是傷痕的嬌小身軀，在內心這麼大叫著。

因為眼淚而扭曲的視界裡，可以看見準備站起的巨人族首領西古羅西古，以及對著他猛然突進的其他三名「四旋劍」成員。

達基拉、傑伊斯、何布雷恩、吉羅。讓他們直屬於自己，是為了鍛鍊、保護他們。雖然對他們說的話一直相當嚴厲，但他們全都是自己心愛的弟妹。但現在卻反而被他們保護，甚至還讓他們為了自己而喪命——

「…………不可饒恕！」

那不但是對西古羅西古，也是對她自己所說的一句話。

絕對不能再出現任何犧牲者了。為了達基拉，無論如何都要守護那三個人。

這樣的決心成為強度遠超過西古羅西古滾燙異常殺意的「愛之心念」，從法那提歐的靈魂裡迸發出來。

綁住她全身的冰凍荊棘立刻就被融化了。

放下達基拉的遺骸，迅速站起身的法那提歐，右手已經握住無聲由地面浮上來的天穿劍劍柄。

這時前方揮舞著大劍衝過去的傑伊斯、何布雷恩、吉羅等三個人，正被西古羅西古左臂的一記橫掃一起轟落到地面。

寄宿在巨人雙眼裡的紅光，就像大地遙遠底部的魔界之火一樣。連周圍的哥布林與半獸人士兵，都因為恐懼而停下了腳步。

「殺了……殺了……殺了————！」

茫然起身的巨人，嘴裡發出異樣的巨大咆哮聲。但法那提歐內心已經沒有一絲恐懼。

她右手上筆直指向天空的天穿劍——

隨著低沉的震動聲纏繞著白色光芒。這道眩目的光輝，從劍尖往外延伸了五梅爾以上並保持這樣的狀態。

「殺了人類喔喔喔啊啊啊啊啊——！」

西古羅西古一邊以雙手舉起鐵鎚，一邊朝著法那提歐跳去。

「……回到地底去吧。」

法那提歐如此呢喃，隨手揮下天穿劍。長度加倍的光刃，在空中留下白色殘像與鐵槌的打擊面接觸。

「滋啪」一聲清脆的聲音過後，巨大的武器就被砍成兩半。熔化的鐵屑從燒得火紅的切斷面往外飛濺。

又長又大的光劍直接碰到西古羅西古的頭——絲毫沒有減慢速度就一口氣往下砍到地面。

以世界最大軀體為傲的傳說級鬥士，在空中被砍成左右兩半的光景，讓後方的巨人族以及人界的眾衛士都說不出話來。

過去是西古羅西古的肉塊發出濕濡的聲音往下掉落，從兩塊肉塊的中央可以看見法那提歐舉起光刃發出輕快的嗡一聲，接著高聲叫著：

「第一部隊中央，前進！把敵人趕回去！」

＊＊＊

迪索爾巴德的焦躁感因為平地哥布林族永無止盡的波狀攻擊而加深。

一對一戰鬥的話，像哥布林兵卒這種對手，不論連續對付多少隻對他來說都不成問題。事實上，前方被箭射穿以及被火焰燒死的屍骸已經堆成了一座小山。

但是要獨自迎擊這廣範圍橫向排列，宛如波浪般推過來的敵兵可以說是不可能的事。左右兩邊遠方的大部分敵人，就只能交給守備軍的衛士了。

如果比較個體的戰技熟練度，那麼衛士們應該高出敵兵許多才對。經過半年嚴格訓練鍛鍊出來的劍技，確實比哥布林們任由力量揮舞的蠻刀還要迅速與銳利。但是如果要和整合騎士與眾哥布林之間的壓倒性差異比起來，衛士與哥布林之間的實力差距當然具有強烈的不確定性。光靠熟練度實在很難顛覆多達數倍的兵力差。

想把身上的強大力量分給所有衛士，迪索爾巴德這時就有這種痛切的想法。但是當然不存在這樣的術式。

屬下的衛士有的被複數的哥布林撲上去攻擊，有的因為疲勞到達界限而一個接一個失去生命。每當他們的悲鳴在戰場上響起，迪索爾巴德就會有自己的天命遭到急劇削除的感覺。

這就是所謂的「戰爭」嗎？

和至今為止只是跨坐在飛龍上掃蕩入侵者，或者與暗黑騎士進行一對一決鬥的戰鬥方式完全不同。現在連隨著時間一刻一刻經過而不斷增加的死亡者人數都已經被算進戰略當中，可以說是醜陋的消耗戰。

這座戰場裡，整合騎士的自傲根本沒有用處。

還沒嗎？還沒下達部隊退後的命令嗎？

早已經不知道開戰到現在已經過了多少時間。迪索爾巴德以右手的長劍砍翻逼進的敵兵，只要有點距離就用左手上的熾焰弓展開亂射。不知不覺已經失去冷靜的他，沒有注意到一部分敵兵開始做出奇妙的行動。

和山地哥布林的首領柯索吉比起來，平地哥布林族的新首領西勃利要愚鈍且殘忍多了。當初西勃利只認為率領敵軍的整合騎士不過是跟大型魔獸差不多的存在。牠內心認為對方不論再怎麼強也不過是一隻白伊武姆，只要將其包圍並且擊斃就可以了。

但是一旦開戰之後才發現整合騎士比魔獸還要棘手許多，不論讓多少部下展開突擊都無法包圍他。會造成大爆炸的火箭一箭就能轟飛十名手下，就連一般的箭都能準確地瞄準腦門與心臟。

那麼，現在該怎麼辦呢？

思考了一陣子後，西勃利做出了極為簡單且毫無慈悲心的結論。

就是讓士兵持續突擊，一直到敵人騎士的箭射完為止。

但是在毫無對策的情況下被命令進行突擊的士兵們當然也有「誰要白白送死」的想法。牠們當中也有一些像西勃利那樣頭腦靈光的傢伙在，雖然不至於抗命但還是盡可能做出保命的措施。

牠們開始拿起倒地的同伴屍骸躲在後方，然後在距離騎士不近也不遠的地方左右移動來讓騎士當成箭靶。

如果是平常的迪索爾巴德，一定立刻就能識破這極為單純的計策。但是，筋疲力竭的衛士們持續發出的悲鳴，已經在不知不覺間削除他的冷靜。另外傍晚時分才開戰也對哥布林這一方較為有利。

敵人被擊斃的速度變得極為緩慢。

當迪索爾巴德注意到這一點時，就連準備得極為充分的鋼鐵箭矢也已經快要耗盡了。

「很好很好，箭終於射完了嗎？」

西勃利用扛在肩上的兩把蠻刀刀背用力搔著脖子露出奸笑。

無數同族橫屍沙場的殘忍光景，對牠的精神也沒有太大的影響。父親與祖父歷經了過去令人鼻酸的「鐵血時代」，而西勃利就是從牠們身上繼承了對於戰爭的強韌忍耐力。

就算有三分之一的伙伴被幹掉了，自己也還殘留著三千名以上的兵力。只要攻進白伊武姆們的國家，獲得充分的肉品與土地，就能夠再次增加部族的數量。

但是要獲得寬廣的領土，就必須得立下一定的功勞。首先就收拾掉這名穿著紅色鎧甲的整合騎士吧。

「很好，你們這些傢伙，準備上陣了。把那個弓箭手包圍起來拖倒到地上。接著就讓本西勃利大人來取他的首級吧。」

對在周圍保持警戒的強壯且粗暴的心腹們做出指示，西勃利就開始緩緩地往前走。

「……太大意了……」

迪索爾巴德低聲呻吟著。

他終於注意到黑暗中四處亂動的敵兵，不過是舉起屍骸來即席製成的稻草人。

不再瞄準心臟而是對準腳邊來解決操縱稻草人的哥布林後，再次往背後大箭筒伸去的右手卻只是抓了個空。

沒有箭的話，神器熾焰弓就跟一般的長弓沒有兩樣。雖然也能利用神聖術從鋼素當中製造出箭來，但那是只能在有時間詠唱術式的一對一戰鬥才能使用的技巧。而且這座戰場上的空間神聖力幾乎全被在上空待機的整合騎士吸收，大氣應該變得相當乾枯才對。

迪索爾巴德邊咬緊牙根邊把熾焰弓的弦掛在左肩，然後再次從腰間拔出長劍。

就在這個時候，前方有一群以哥布林來說算是高大的敵軍衝破黑暗急速往這邊靠近。牠們的打扮也與之前對戰的那些雜兵不同。從胸口到腰間都覆蓋著厚厚的板金鎧甲，強壯的雙臂上則纏著打了鉚釘的皮帶。右手上握著甚至可以把牛一刀兩斷的厚重大柴刀。

迪索爾巴德又看見從這七隻後面，有更加巨大——光看身高的話甚至超過半獸人的哥布林也往這邊逼近。

對方身穿鑄鐵製的烏亮鎧甲，雙手各垂著一把大斧頭，從晃動的頭上那色彩極為鮮豔的裝飾羽毛來看，牠絕對就是一軍的將領了。

當哥布林隆起的額頭底下發出紅光的雙眼與迪索爾巴德的雙眸產生衝突的瞬間，周圍的空氣也宛如產生摩擦一般。在前線不停互擊的劍與蠻刀，發出的金屬碰撞聲逐漸遠去，最後完全中斷。眾衛士與哥布林默默地拉開距離，大口吞著口水來注視著雙方將領的對峙。

迪索爾巴德以左手制止想跑過來的數名衛士。小心翼翼地擺出右手的劍，然後以低沉又沙啞，但能聽得相當清楚的聲音問道：

「你這傢伙就是暗黑界十侯之一……哥布林族的首領嗎？」

「沒錯。」

高大的哥布林露出泛黃的牙齒這麼回應。

「我就是平地哥布林族的族長，西勃利大人。」

迪索爾巴德一邊調整因為漫長激戰而紊亂的呼吸，一邊由正面注視著敵將。

——只要打倒這個敵將與牠的眾心腹，就算只有暫時，哥布林軍也會失去戰意吧。只要趁那個機會推進戰線，就能完成前鋒的任務了。

即使無法使用熾焰弓。

就算是八對一，事到如今也只能取勝了。在這個地方就要證明，整合騎士是真的擁有一騎當千的實力。

「吾是整合騎士迪索爾巴德．辛賽西斯……」

西勃利粗鄙的叫聲打斷了高聲自報姓名的騎士。

「哎呀，我對白伊武姆的名字沒有興趣！你不過就是一塊肉，是連在本大爺要取下的首級上面的一塊礙事的肉！喂……上吧，你們幾個！」

嗚————啦啊啊啊啊啊！

迪索爾巴德單獨對付發出凶暴吼聲衝過來的七隻精銳哥布林。

對於沒有劍士尊嚴的卑鄙傢伙來說，其實只要繼續進行剛才那種混戰就可以了。而自己剛才竟然做出那種想和對方決鬥般的行為——

「笑死人了！」

所有的整合騎士不論是使鞭、槍還是弓，基本上都還是一個幹練的劍士。

迪索爾巴德將右手的長劍舉到上段往下揮落，而在場的所有人都無法確實看見他做出這樣的舉動。

帶著些許白光的神速斬擊。細微的「嗶嘰」聲響起，帶頭的哥布林舉起的大柴刀已經斷成一半。

下一刻，那隻哥布林就從頭頂被一路砍到腹部，裂成兩半後噴出大量鮮血。但是騎士已經不在會被血沫噴到的範圍之內。

在第一隻哥布林注意到自己死亡之前，迪索爾巴德已經迅速來到第二隻哥布林面前，使出了接下來的攻擊。

那不是騎士法那提歐或者過去曾對戰過的反叛者所使用的連續劍技。而是傳統的先擺出姿勢才揮出單發斬擊的古式劍技。但是迪索爾巴德的技巧經過等同於無限的歲月粹鍊之後，早已到達神技的領域。應該只有上位的暗黑騎士與拳鬥士能夠對這一擊做出反應。

事實上，幾乎和第一隻同一時間從左側砍過來的第二隻哥布林，在好不容易揮落大柴刀的時候，板金鎧已經連同心臟一起被砍斷，就此失去了性命。

任何人一看都能夠了解雙方實力有壓倒性差距。

但是哥布林的精銳們不知道什麼叫作恐懼。族長西勃利對牠們來說也是恐怖的上位者，所以牠們原本就不存在抗命這樣的想法。

在同族噴出血霧的情況中，繞到迪索爾巴德側面的兩隻哥布林同時從左右兩邊展開襲擊。身經百戰的騎士不慌不忙地先從正下方往上砍死左邊的哥布林，長劍畫出大大的弧形後從右邊哥布林的正上方結束了牠的生命。一眨眼間的動作就幹掉左右兩邊的敵人，真可以說是神一般的劍技。

目前還剩下三隻，不對，加上大將還有四隻哥布林。

是要同時撲過來，還是連續攻擊呢？

迪索爾巴德一邊往後跳避開紅黑色血沫，一邊準備應付接下來的攻擊。

第五隻魯直地從視界左邊砍了過來。其他方向則沒有刀光。

「呼嗯！」

他隨著短暫的吼叫將擺在左側的劍水平砍出。帶著銀光畫出弧形的劍尖，直接被敵人的右腹吸了進去。

瞬間，迪索爾巴德瞪大了雙眼。

他的斬擊停住的同時，從敵人哥布林背後貫穿其胸口的大柴刀就直接朝他刺了過來。

厚厚的刀刃讓還活著的同伴鮮血飛濺，逼近迪索爾巴德的喉頭。

這時已經不可能迴避或者用劍防禦。

藉由即時判斷抬起的左前臂部分，和發出暗沉光芒的大柴刀產生劇烈撞擊。

一陣麻痺一般的劇痛。赤銅的護手雖然好不容易擋下這一擊，但衝擊還是從肉身傳達到了骨頭。

「咕……喔喔！」

隨著喊叫聲把驚愕趕跑，迪索爾巴德強行把敵刃往左邊架開。身體內傳出「嗶嘰」的聲音，宣告他左臂的骨頭已經龜裂。

不過是一隻手臂！

強打起精神來擋住斬擊的迪索爾巴德，直接把劍往前刺去。長劍原本就貫穿成為棄子的第五隻哥布林腹部，這時又刺中疊在後面的第六隻哥布林身體。

但是感覺對方受的傷不深。

得快點把劍拔出來，拉開距離準備下一次的攻擊。

不知道什麼時候額頭已經滲出汗水的迪索爾巴德，一口氣把劍拉回來。

在喪命而癱倒的第五隻哥布林後面所見到的是——

丟下大柴刀，以像在地面爬行般的高度張開雙臂撲過來的第六與第七隻哥布林。

而迪索爾巴德所屬的流派，沒有劍招可以攻擊採取這種姿勢的敵人。

剎那間陷入僵硬狀態的騎士，雙腳同時被兩隻哥布林抱住。迪索爾巴德無法抵抗牠們強大的臂力，整個人倒了下去。

瞪大的雙眼，看見敵將西勃利邊露出殘忍的喜色邊舉起兩把戰斧飛撲過來的巨大身軀。

——沒想到會在這種地方死在哥布林手上。

——身為整合騎士的迪索爾巴德，絕對不可能犯下這種錯誤。

「絕對不可能」。

意志越是頑強的人，越會讓這樣的思考變成侵蝕精神的危險猛毒。雖然不至於像西古羅西古那樣陷入失控狀態，但凍結的意識完全封住了迪索爾巴德的動作。

騎士只能往上看著致死的刀刃往自己迫近，這時他的耳邊——

傳來了雖然因為疲勞而沙啞，但是依然雄壯的叫聲。

「騎士大人————！」

一名衛士朝著露出凶惡面相的敵將猛衝。那正是該名年輕的衛士長。連名字都還沒問的年輕人，高高舉起雙手握住的大劍，準備施放用盡全身力氣的上段斬。

相對的敵將則像是感到很厭煩般掃出左手的戰斧。

傳出「喀鏘！」一聲沉重又劇烈的金屬碰撞聲。

雖然比不上敵將，但高大又穿著重裝鎧甲的衛士長就像紙人一樣被轟飛了出去。然後在地面滾了兩三圈。那是輕易就能顛覆技術、速度與裝備差距的壓倒性膂力。

亞人發出紅光的雙眼迅速瞇了起來。牠一邊散發出野獸般的殺氣一邊跳躍，為了給還站不起來的衛士長致命一擊而舉起右手的斧頭。

——不行啊。

——身為騎士，身為指揮官，我絕不容許繼續出現犧牲者了！

這一瞬間的思考，如電光般貫穿了迪索爾巴德僵硬的精神。

已經沒有甩開拘束雙腳的兩隻精銳哥布林站起身子，然後移動到衛士長面前的時間了。就算擲出右手上的劍，也只能讓年輕衛士長多活幾秒鐘而已。

在思考該怎麼辦之前，右手與左手就幾乎是自己動了起來——做出從未想過的行動。

以右手的長劍來代替箭矢，把它架在水平舉起的熾焰弓弓弦上並用力拉弓。

沉重的手感感覺像拉著連結在大地上的繩子一樣。接著是幾乎讓人喪失意識的劇痛。

但迪索爾巴德從咬緊的牙關發出低吼，並把弓弦完全拉開。一完成發射的姿勢，就立刻大叫：

「火焰啊！」

雖然沒有詠唱術式，神器還是回應了主人的意志。

從整把弓上冒出的火焰，勢頭遠遠凌駕於過去發動的任何一次武裝完全支配術。

架在弓上的長劍雖然算不上神器，但也是最高司祭親手生成的名劍。所以擁有遠超過量產品鋼箭的優先度。迪索爾巴德把隱含在劍身裡的神聖力全變成了火焰。

迪索爾巴德應該具有火焰耐性的全身鎧立刻開始變得赤熱。

抱住他雙腿的兩隻哥布林甚至來不及發出悲鳴，就從眼睛與嘴巴噴出火焰開始燃燒起來。

感覺不對勁而回過頭來的敵將，因為驚訝與憤怒而瞪大了雙眼，並準備把右手的斧頭丟過來。

但是搶在牠之前——

「——燒光牠吧！」

迪索爾巴德邊大叫邊放開弓弦。隨著轟然巨響被發射出去的長劍，把鮮紅火焰像是翅膀一樣拍動著，一直線往前飛翔。那簡直就像熾焰弓過去的模樣——棲息在南帝國最大、最古老火山中的不死鳥一樣。

「咕啦啊！」

敵將發出低吼，在身體前方交叉兩把大斧。纏繞著火焰的不死鳥接觸到兩把斧頭中心點的下一個瞬間——

鋼鐵製大斧頭就發出「咻」的聲音，輕輕鬆鬆被蒸發掉了。

而斧頭的主人，平地哥布林族首領西勃利根本沒有經過燃燒的過程，一瞬間就變成了黑炭——接著變成粉末崩壞並消失無蹤。

目擊大將恐怖死狀的眾哥布林士兵，立刻轉身開始往後方遁逃。但是根本逃不過不死鳥的火焰，總共有三百名的士兵變成灰燼後消失在戰場上。

***

第一部隊中央的法那提歐與右翼的迪索爾巴德陷入苦戰。

另外艾爾多利耶指揮的左翼則是因為冒出的煙霧而產生混亂，在後方指揮第二部隊的人界守備軍總司令，同時也是整合騎士長的貝爾庫利．辛賽西斯．汪將一切看得相當清楚。

但他無法有所行動。

第一個理由是，他相信自己親手教育出來的眾騎士以及衛士。第二個理由是，在敵人地面部隊的主力——暗黑騎士團與拳鬥士團尚未行動前，人界方也不能夠投入第二部隊。

而第三個理由則是比任何人都了解黑暗領域的他不得不擔心的，奇襲的可能性。

也就是敵人的飛行戰力。

不存在空中飛行術——正確來說，那記錄在只有最高司祭亞多米尼史特蕾達才能叫出來的術式總覽裡，而術式也隨著她的死亡而永遠消失了——的這個世界裡，只存在於整合騎士團與暗黑騎士團的少數「龍騎士」屬於規格外的戰力。他們能自由飛翔在劍無法攻擊到的空中，以騎士的術式或者龍的熱線來掃蕩敵人。

但就因為太過於貴重，所以無法輕易投入戰線。搶在敵人前面出擊，萬一要是被從地上發出的術式或者箭矢擊落的話，從那個瞬間開始己方就會大大地落居下風。

因此貝爾庫利將除了愛麗絲所騎乘的「雨緣」之外的飛龍都保留在戰場後方，也確信敵人同樣會這麼做。所以他所擔心的奇襲，並非來自於對方的龍騎士。

暗之軍隊除了龍騎士之外，尚有只屬於他們的飛行兵力。

亦即稱為「米尼翁」的醜惡有翅怪物。那是由暗黑術師利用黏土與其他材料所生成，雖然沒有智力，但可以了解幾個簡單的命令。

貝爾庫利從愛麗絲那裡聽說過，最高司祭似乎也暗地裡製作、研究了與米尼翁完全相同的怪物。但就算是最高司祭，似乎也對公然把醜惡的米尼翁直接配置在公理教會裡感到猶豫。現在這個時候，就只能對她還來不及將其改變為適切的外表就先行離世感到可惜了，但既然木已成舟，再多說些什麼也沒有用。

基於以上的原因，貝爾庫利必須戒備米尼翁從上空的奇襲。而在無法放出飛龍，修道士隊也為了治癒傷患而分身乏術的狀況下，就只有他一個人能夠進行廣範圍的對空防衛。

正確來說，是只有貝爾庫利的神器「時穿劍」有辦法。

貝爾庫利像門神般站在第二部隊中央，雙手放於收在劍鞘裡的愛劍柄頭，持續集中精神。

三名整合騎士與第一部隊的眾衛士陷入苦戰的光景，毫不間斷地刺激著他的知覺。他也很容易就察覺到左翼的大混亂與哥布林部隊的入侵。

但他連一步都無法移動。

因為貝爾庫利已經發動愛劍的武裝完全支配術了。

遠古時代就被設置在中央聖堂牆壁上，以它來告訴央都聖托利亞居民時間的超大型時鐘。利用它的長短針重新鍛造而成的神器就是時穿劍。它隱藏的力量是「斬斷未來」。劍揮過的軌道將保留斬擊的威力，碰到該處的人將受到傷害，這也可以算是規格外的技能。

東大門崩塌之前，貝爾庫利就跨上騎龍「星咬」，來到大門前的空間，在該處製造出長一百梅爾，寬兩百梅爾，高一百五十梅爾的巨大「斬擊空間」。他不停重複細微的垂直動作與後退並揮舞著長劍，在虛空中畫下了密布的網。斬擊的總數多達三百道以上。

就連活了三百年以上，幾乎可以算不死之人的貝爾庫利，也是首次像這樣持續保持如此規模的「心念之刃」長達數十分鐘以上。這是意識離開肉體，只能專心集中精神才可能辦到的絕技。之所以把第一部隊的指揮交給法那提歐，就是因為他還有這個任務。

——快點……要來的話就快點來吧。

即使是已經到達不會產生無謂焦躁的境界，貝爾庫利還是忍不住一直這麼在內心祈求著。精神上的消耗也就算了，時穿劍的神聖力目前已經消耗了一半以上。完全支配術是一旦解除就無法一直重複使用的招術。如果無法順利殲滅敵人的米尼翁，讓那些傢伙襲擊在第一部隊上空準備大規模術式的愛麗絲，那麼唯一的希望就要破滅了。

——快點來吧。

＊＊＊

聚集在東大門的七名上位整合騎士當中，陷入最悲觀心理狀態的是放棄負責地點的連利．辛賽西斯．推尼賽門，但這時候實戰經驗應該比他多的艾爾多利耶．辛賽西斯．薩提汪也被逼入絕境。

艾爾多利耶是騎士愛麗絲的弟子，同時也是她的崇拜者。

那種感情和「四旋劍」的達基拉對法那提歐所抱持的直率愛戀不一樣。那是想奉獻自己的一切來侍奉愛麗絲，但同時也想以年長者身分庇護她的，兩者間完全相反的感情。

自從以整合騎士身分覺醒之後，愛麗絲就已經被謳歌為教會史上最優秀的天才。除了遠超過眾修道士與司祭的神聖術才能之外，還被至今為止拒絕與所有騎士產生共鳴的最古老神器，擁有永劫不朽外號的「金木樨之劍」選為主人，再加上她還有完全吸收騎士長貝爾庫利絕技的武術才能。

外表看起來雖然是名年輕少女，但是愛麗絲對大多數騎士而言，根本是像北方天空的孤星般難以接近的存在。而她是最高司祭亞多米尼史特蕾達繼承人的傳聞也更加深了這種狀況。

因此艾爾多利耶以騎士身分覺醒後，就不曾想過要接近愛麗絲。甚至可以說在躲著她。

雖然因為「合成祕儀」而被奪走了人界所有的記憶，但艾爾多利耶是諾蘭卡魯斯北帝國數一數二的大將軍兼一等爵士艾修鐸爾．威魯茲布魯克的長子。而且也是人界曆三八〇年次的北帝國第一代表劍士，同時是四帝國統一大會的優勝者。即使變成整合騎士，他生為貴族的高傲與自負還是沒有消失。

對於這樣的他來說，雖然是年紀比自己輕的少女，騎士身分卻遠高於自己，同時還是騎士長貝爾庫利唯一弟子的愛麗絲根本是令人不愉快的存在，當然也就不會對她有任何親近感。

但是成為騎士後過了一陣子，某天深夜。

艾爾多利耶偶然目擊了愛麗絲令人意外的模樣。

想偷偷進行劍術練習的他，來到薔薇園深處，就看到穿著簡樸睡衣的愛麗絲趴在粗糙的墓碑前啜泣著。只是砍下白木後組成十字狀的墓碑上刻著的名字，是數天前天命告罄的老飛龍——生下愛麗絲的騎龍「雨緣」與艾爾多利耶的騎龍「瀧刳」的母龍。

就算是貴重的戰力，也不過是隻龍而已。怎麼說也是下等的使役獸。為什麼要幫牠造墓，又為什麼要感到悲傷呢？

這時艾爾多利耶是這麼想的。

但用鼻子冷哼一聲就想轉身離開的他，就注意到自己眼頭也一陣發熱，並因此感到驚愕。

愛麗絲因為悼念死去母龍而哭泣的模樣。到現在艾爾多利耶都還不清楚為什麼會讓自己受到心臟彷彿被撕裂般的震動。但艾爾多利耶無法擦拭淚水，只是一直站在那裡並領悟了一件事。這種優美且脆弱的模樣才是真正的愛麗絲・辛賽西斯・薩提。

從那天之後，原本是孤傲騎士的愛麗絲在艾爾多利耶眼裡已經完全變了一種模樣。她就像是即使承受所有逆風也毅然抬起頭來，但可能隨時會折斷般的水晶花朵——

我想保護她，想要阻擋摧殘那名少女的寒風。

艾爾多利耶這樣的想法與日俱增。但想保護她這樣的發想實在是太不自量力了。因為愛麗絲不論是在神聖術還是劍術上的才能，都遠遠凌駕於艾爾多利耶之上。

唯一可能的是，成為愛麗絲的弟子來接受她的指導。

之後，艾爾多利耶的人生就只抱持著一個願望。也就是讓師父愛麗絲承認自己是能獨當一面的劍士與男人。

這可以說是難上加難的目標。天才騎士愛麗絲的實力已經到達騎士長貝爾庫利都認可的境界，艾爾多利耶與其說是要趕上她，倒不如說是為了不讓她嫌棄自己而拚命地進行修鍊。

他同時也不斷對愛麗絲搭話，與她一起用餐，然後以不知不覺間學會的耍帥話術——其實只是恢復為變成整合騎士前的性格而已——來盡可能讓師父露出笑容。

這樣的日子慢慢地開花結果，當他的劍術水準提昇，也極其偶爾地會讓師父的嘴唇出現些許笑容時——

教會史上最大的事件就襲擊了中央聖堂。

一開始只是很單純的通常任務。那應該是有兩名修劍士犯下了「殺人」這種恐怖的大罪，不過在廣大人界的紛爭當中，有時候確實會因為偶發性的不幸而造成流血事件。實際上，當剛看見被帶到中央聖堂來的兩名學生時，完全不覺得他們有任何危險或者凶惡感。只不過是相當沮喪的一般年輕民眾罷了。

所以把他們關進中央聖堂的地下監獄後，師父愛麗絲默默思考了一陣子……

「為了慎重起見，你就在地下監獄的入口處戒備一個晚上吧。」

並命令艾爾多利耶這麼做時，他多少覺得有點驚訝。而認為偶爾在薔薇園過夜也不錯的艾爾多利耶就接下任務，當東方天空開始出現魚肚白時，看見兩名罪人真的逃獄來到面前的他真是感到非常錯愕。

艾爾多利耶一方面佩服師父的慧眼，一方面為了盡自己的責任而擋在兩人前面——想不到竟然被對方徹徹底底地擊敗。面對只拿著扯下來的鐵鍊當作武器的一般民眾，甚至用上了神器「霜鱗鞭」的記憶解放術。

不對，他也只能接受自己敗北的事實。因為那兩個人接著還突破了上位騎士迪索爾巴德、副騎士長法那提歐，甚至是師父愛麗絲與騎士長貝爾庫利，最後連最高司祭亞多米尼史特蕾達都被他們擊斃。愛麗絲在不知名北方寒村的圓木小屋裡，確實在其中一名罪人面前這麼說了。她說這個人是凌駕於整合騎士的最強劍士。

艾爾多利耶不是對於劍術輸給那名黑髮年輕人一事感到懊悔。

真的不是這樣，只是在想到「不是自己」的時候總是會感到很痛苦。

把師父愛麗絲的心從封閉的冰凍庭院裡解放出來的人不是自己，而是那個年輕人。這樣的認知讓艾爾多利耶的心產生了劇烈的動搖。

東大門崩塌的幾個小時前，師父愛麗絲隨著自今為止從未見過的平穩微笑這麼說了。

她說……「正因為有你的支持，我才能在險路上一路走到今天。謝謝你，艾爾多利耶。」

聽見這句話的瞬間，艾爾多利耶就隨著感動的淚水下定了決心。至少得在這個戰場上，傳達出愛麗絲的指導讓自己有了多少的成長——

堅強的決心在成為心念提昇艾爾多利耶自身力量的同時，也把他逼到了絕境。

如果山地哥布林軍對他所率領的第一部隊左翼發動一般的攻擊，他應該就會展現出與右翼迪索爾巴德不相上下的奮戰模樣吧。

但是山地哥布林卻採取以濃密煙霧完全奪走左翼部隊的視界，然後鑽過他們腳邊來襲擊後面部隊這種出乎意料之外的作戰。

竟然被區區哥布林擺了一道。在天空注視著一切的愛麗絲面前露出這樣的醜態。

這份焦躁感從艾爾多利耶身上奪走了冷靜的判斷力。他一邊在伸手不見五指的濃煙裡像無頭蒼蠅般環視周圍，一邊想對衛士們做出指示。但絞盡腦汁才想出來的，就只有在這種情況下隨便做出攻擊命令的話，將會造成自相殘殺，根本無法想出去除煙霧的辦法。

胡亂甩著淡紫色頭髮的艾爾多利耶，只能把嘴唇咬到快滲出血來呆立在現場。

2

「那個～左邊好像有點危險耶。」

由於搭檔費賽爾以過於悠閒的聲音向指揮官如此上報，里涅爾也輕輕晃著綁辮子的頭髮點了點頭。但是指揮官沒有任何回答。於是她只能一邊想著「真是沉默寡言的人」一邊把視線移到前方。

騎士見習生費賽爾・辛賽西斯・推尼奈與里涅爾・辛賽西斯・推尼耶特被配置的地點，是在人界守備軍第二部隊右翼的最前方。防守一百梅爾前方的第一部隊右翼雖然陷入混戰，但沒有敵人穿過防衛線。老牌的上位騎士迪索爾巴德似乎相當努力。

副騎士長法那提歐率領的第一部隊中央，目前也還撐得住。雖然對於里涅爾與費賽爾來說，她是像天敵般的大姊姊，但實力倒是無庸置疑。以前那種過於緊繃的感覺，在脫下鐵面具露出素顏後也幾乎消失了。

令人擔心的果然是第一部隊的左翼。

負責指揮的艾爾多利耶・辛賽西斯・薩提汪是短短七個月前才覺醒的菜鳥，最近實力雖然有很大的成長，但忽然就擔此重任對他來說可能真的太辛苦了。雖說在前線指揮是他本人的願望，但現在看來還是交給其他老資格的騎士比較好——

里涅爾一邊這麼想，一邊在腦袋裡畫出各個騎士的配置狀況。

聚集在這個戰場的上位騎士僅僅只有七個人。

第一部隊左翼是艾爾多利耶，中央是法那提歐副騎士長，右翼是迪索爾巴德。

第二部隊左翼是連利少年，中央是貝爾庫利騎士長，右翼則是寡言的女性騎士。

而上空則配置了愛麗絲・辛賽西斯・薩提。

「……怎麼看左翼都讓人感到不安……」

這次換成費賽爾對里涅爾的呢喃輕輕點點頭。事實上，從幾分鐘前開始左翼的情形就有點奇怪了。雖然不像是受到損害的樣子，但無數混亂的叫聲已經越過中央隊上方傳過來。定眼凝神仔細一看，就能發現該處籠罩著比谷底的黑暗還要濃厚的煙霧。

萬一第一部隊的艾爾多利耶被突破，也還有連利少年指揮的第二部隊才對——只不過……

「那個孩子，真的不要緊嗎？」

對費賽爾的話點了點頭後，里涅爾才靠到搭檔頭旁邊對她呢喃：

「我是認為貝爾庫利大叔應該有他的考量才沒多說些什麼，但是第二部隊的左邊和右邊應該互換才對吧。小艾與小連這樣的排列順序，怎麼看都太過令人不安了。」

結果費賽爾就把聲音壓得更低並回答：

「我是這麼想的啦，大叔應該是盡量不想讓我們的隊長戰鬥吧……」

「…………啊～……」

同意這種看法的里涅爾看向悄立在那裡的纖細身影。

單薄的鎧甲是以整合騎士來說相當少見的霧面灰色。同樣是濃灰色的頭髮在雪白額頭中央確實地分為兩邊，然後在脖子後面綁起來。外表看起來大概是二十歲左右，細長雙眼是明顯的單眼皮，嘴唇上也沒有塗口紅。

她的名字是謝達・辛賽西斯・推魯弗。似乎擁有「無聲」的綽號，但是由來就不清楚了。不過費賽爾她們一看就能夠清楚地知道，她絕對不像外表那樣是人畜無害的角色。這名騎士很危險。兩人甚至會覺得如果她拔出左腰上的細劍，自己就絕對不想待在她身邊。

騎士長貝爾庫利恐怕是想避免謝達參與戰鬥的情形，才會排除年輕的艾爾多利耶，把她配置在資深騎士迪索爾巴德身後。也就是說，只要弓箭手繼續奮戰下去，就輪不到里涅爾她們出場。

當然，也不一定就是因為這種原因——

「那個，謝達大人……」

里涅爾再次對寡言的指揮官搭話。由於對方稍微把視線移過來了，她就繼續說道：

「我們可以去後面看看嗎？」

結果騎士纖細的右眉就微動了兩米釐賽左右。感覺到她應該是在問「為何」，里涅爾急忙回答：

「嗯，因為有點不安……」

眉毛再次動了一下。一定是在問「何事不安」吧。里涅爾費盡千辛萬苦，才把很難說出口的答案擠出來。

「嗯……就是應該和補給部隊在一起的那個傢伙。反叛者……桐人。」

結果旁邊的費賽爾也不停點頭。

七個月前的大騷動時，費賽爾與里涅爾在中央聖堂的大階梯與反叛者桐人以及尤吉歐戰鬥過。正確來說，是以藏起來的毒劍偷襲讓他們麻痺，然後把他們拖到副騎士長法那提歐面前準備將他們斬首。

原本應該是相當簡單的工作。但是反叛者桐人不知道什麼時候詠唱了解毒的術式，最後不但奪走毒劍，還反而讓她們陷入麻痺狀態。

當桐人準備對著倒在地板上的里涅爾她們揮落毒劍時，兩個人其實沒有覺得太害怕。大概只是覺得有點可惜地想著「唉~差一點就能從見習生升為真正的整合騎士了」。里涅爾一邊想著「如果桐人可以順利——也就是漂亮地，在不太感覺到痛的情況下殺了自己就好了」，一邊等待著自己天命歸零的瞬間。

但是桐人卻沒有殺害兩個人。把毒劍插到地板上後他就背對里涅爾她們，開始挑戰副騎士長法那提歐。最後渾身是傷的他，在不可能獲勝的戰鬥中贏得了勝利。

即使到了現在，費賽爾與里涅爾還是清楚記得他們在離開之前，桐人的搭檔對自己說了些什麼。

——……依妳們兩個人的個性，一定會認為法那提歐小姐和桐人都是因為有神器與武裝完全支配術才會那麼強吧……不過並不是這樣。跟武器或劍技無關……那兩個人本來就很強了，因為他們都有顆堅強的心，所以受了那麼重的傷還是能繼續戰鬥。

老實說即使過了七個月的現在，也還是不太懂那句話的意思。

但是就事實來說，反叛者桐人與尤吉歐甚至擊斃了最高司祭亞多米尼史特蕾達。而代價就是尤吉歐殞命，桐人失去心神與一隻手臂。

兩名反叛者到底是為了追求什麼而戰？什麼才叫作堅強的心呢？

就是想知道這些答案，費賽爾與里涅爾才會參加人界守備軍，遠路迢迢來到東大門。

目前還沒找到答案。但是，看見桐人坐在騎士愛麗絲推的輪椅上出現在戰場時，里涅爾胸口就閃過一絲不熟悉的感覺。她還是第一次無法分析自己感覺到什麼，以及現在正想些什麼。

騎士見習生里涅爾．辛賽西斯．推尼耶特與費賽爾．辛賽西斯．推尼奈是在中央聖堂裡出

生。據說兩人的雙親是公理教會的修道士與修道女，但不清楚他們的名字，也不記得他們的長相。

雙親是在最高司祭亞多米尼史特蕾達的命令下結婚生子，並把她們交給塔內的某個設施。那個設施裡總共有三十名境遇相同的小孩子，而現在還活著的就只有里涅爾她們了。其他的二十八個人都無法承受最高司祭進行的「復活儀式」實驗而死亡。

費賽爾與里涅爾之所以能活下來，全是因為拚命研究對肉體與精神負擔比較少的「輕鬆的死亡方法」。兩人遵從命令互刺對方的心臟，死亡後再被用術式復活。當最高司祭放棄實驗的時候，她們已經能在幾乎無痛的情況下殺掉搭檔了。

對兩個人來說，強大的實力就是輕鬆殺人的技術。對方比自己厲害的話就迅速逃走。逃走後繼續練習，比對方厲害的話下次就能殺掉對方了。那個時候她們一直認為，面對比自己強的對手時，即使滿身傷痕也要與其對抗根本沒有任何意義。

光看戰鬥技術的話，反叛者桐人與尤吉歐應該只有下位騎士程度的實力。但是兩人捨棄了一隻手臂甚至是生命來與那個最高司祭戰鬥並獲得了勝利。

到底是為了什麼？

這樣他們究竟得到了什麼？

雖然很想詢問再次相遇的桐人，但整合騎士愛麗絲經常緊隨在他身邊，根本找不到與他接觸的機會。雖然不知道能否跟現在的桐人對話，但在嘗試之前就讓他死掉的話自己會很困擾。

雖說只要第二部隊不被突破，在後方的補給部隊就能保持安全，但左翼的混亂終究讓人在意。

——這些事情實在沒辦法在這裡向指揮官謝達做詳細的說明，所以兩個人只能心驚膽跳地等著她的裁決。

「無聲」的騎士以灰色眼睛瞄了一下左翼，考慮了兩秒鐘才用左手指了一下後方。

「咦……那個，可……可以移動嗎？」

由於謝達默默點了點頭，里涅爾急忙和費賽爾同時行了簡略騎士禮。

「謝謝您，確認對方安全後會立刻趕回來！」

說完便轉身從隊列旁邊開始往前跑。

——竟然說了謝謝您。甚至沒有對最高司祭大人說過這種話啊。

和搭檔面面相覷，一瞬間交換了一下苦笑後，里涅爾就提升了奔跑的速度。

＊＊＊

準備到物資帳篷深處再次蹲下來抱住膝蓋的整合騎士連利・辛賽西斯・推尼賽門，就因為耳朵聽見出乎意料的近距離傳來複數的叫聲而猛烈吸了口氣。

不會吧。敵人不可能如此快就突破山谷間的防衛線來到這裡。距離開戰到現在只過了十幾分鐘的時間。

連利告訴自己，一定是因為太過於亢奮了，遠處的聲音才會聽起來如此清晰。

但是在同一座帳篷裡避難的兩名少女產生的反應，就告訴他逐漸接近的士兵聲音並不是自己聽錯了。

「怎麼會……已經到這麼後面來了？」

名為緹潔・休特里涅的紅髮練士迅速抬起頭，快步跑到帳篷的入口。她拉起垂下的布幕確認外頭的狀況。結果立刻就發出更加緊張的呢喃聲。

「……有煙……！」

這道聲音讓名為羅妮耶・阿拉貝魯的練士也繃緊身體。

「咦……緹潔，也能看見火嗎？」

「沒有，只有奇怪顏色的煙飄過來……不對——等等。從煙裡面……出現許多人……」

由布幕縫隙往外窺視的緹潔，所說的話就像是被厚重的棉布吸進去而消失。

緊繃的沉默當中，連利稍微起身再次豎起耳朵。

不知道什麼時候，叫聲已經消失了。但是寂靜當中傳來有人靠近的氣息。可以聽見嗶噠嗶噠、嗶噠嗶噠的潮濕腳步聲。

突然間，緹潔以僵硬的腳步退到帳篷正中央。然後將不停顫抖的右手往左腰伸去。

幾乎是在連利注意到她想拔劍的同一時刻——

入口垂下來的布幕就「啪嗶」一聲被粗暴地撕裂。

外面曾時何時已經籠罩在夜色當中，只有火把的淡淡紅光在搖晃著。一道默默無言的人影以火光為背景站在那裡。對方雖然矮小、駝背但雙臂異常強壯，握在手上的是像從板金上切下來的粗雜蠻刀。

入口處吹進來的空氣中夾雜的臭味刺激著連利的鼻子。

休特里涅練士邊發抖邊拔出佩劍，輪椅旁邊的阿拉貝魯練士則低聲叫著：

「——哥布林？」

這道聲音讓有著異相的闖入者以混雜著咻咻摩擦聲的沙啞聲音回應：

「喔喔……白伊武姆的小女孩……是我的獵物啦……」

過於鮮明的欲望之聲，讓緹潔慢慢往後退。

雖然是上位整合騎士，但連利還是第一次親眼見到黑暗領域的亞人。因為在被賜予飛到盡頭山脈的飛龍之前，他就遭到凍結處分了。

完全……不一樣。

連利茫然這麼想著。

他自認透過資深騎士的講座與中央聖堂的書籍學到不少關於黑暗領域亞人四種族的知識了。但是他原本把哥布林想像成那種童話故事裡喜歡惡作劇的妖精，結果目前站在僅僅八梅爾前方的醜惡生物與自己的想像可以說完全不同。

開始從指尖往上麻痺，身體連動都不能動的連利視線前方，哥布林緩緩往前走了一步。骯髒的板金鎧甲發出鱗片般暗沉的光芒。

緹潔雙手握住的劍雖然對準哥布林，但因為膝蓋強烈發抖，劍尖根本穩定不下來。細微的喀喀聲是來自於她牙齒的碰撞。

「緹……緹潔……」

羅妮耶從喉嚨發出微弱的聲音。雖然把桐人所坐的輪椅擋在身後，右手也握住劍柄，但她的腳也同樣在發抖。

得站起來才行。

站起來拔出「雙翼刃」和哥布林士兵作戰。

心裡雖然這麼想，連利的身體卻像變成石頭一樣完全不聽使喚。敵人不過是一隻亞人的士兵。一騎當千的上位整合騎士，應該擁有即使一次面對一千隻這種對手也能獲得勝利的力量才對。

「咕呼……看起來很美味啊……」

哥布林士兵舔著嘴唇，流下黏稠的唾液。

「給……給我退下！不然的話……！」

緹潔拚命擠出來的警告，也只是煽動哥布林的欲望而已。咧嘴笑起來的亞人，在連彎刀都沒有擺出來的情況下繼續往前走了一步。這個時候——

嘶咚。

帳篷裡響起輕脆的聲音。

哥布林士兵黃色雙眼像感到不可思議般瞪大並往下看著自己的胸口。

有尖銳光滑的金屬從粗雜的板金鎧上面長出來。那件帶著血滴的物體正是劍尖。某個人從背後正確地貫穿了亞人的心臟。

「……怎麼回事……？」

這就是哥布林士兵所說的最後一句話。力量從強壯的身體上流失，哥布林整個癱到帳篷的地板上。

站在牠後面的是比兩名少女練士還要矮半個頭的嬌小劍士，或者該說是修道女。茶褐色的頭髮編成辮子，黑色修道服上裝備著銀色護胸。右手上握著的劍雖然配合體格而比較短，不過是相當鋒利的兵器。明明是仍屬於小孩子的年齡——而且明明才剛殺了恐怖的亞人士兵，可愛的臉龐上卻沒有浮現一絲害怕的神情。

連利茫然看著這一切，然後才終於注意到……

這名女孩子不是劍士也不是修道女。

她是騎士。算是整合騎士的見習生，名字應該是里涅爾·辛賽西斯·推尼耶特。在比試當中殺了她之前的二十八號騎士並奪走了對方的號碼，是「恐怖雙胞胎」其中之一。

即使看見以狼狽模樣癱坐在地上的連利，里涅爾的表情也沒有任何變化。確認兩名練士與輪椅上的桐人平安無事後就立刻轉過身子。

下一刻，另一名騎士見習生的身影就出現在帳篷入口。將色澤與里涅爾相同的頭髮剪短的費賽爾·辛賽西斯·推尼奈，小聲對搭檔呢喃：

「涅爾，這附近的哥布林全部都我收拾掉了，不過還會再來。我看還是移動比較好。」

「嗯，我知道了。賽爾。」

點點頭的里涅爾，隨即用右腳腳尖把擋在入口附近地板上的哥布林屍體滾到不礙事的地方。之所以沒有濺出什麼血，完全是因為從背後的一擊太過快速與精密了。

里涅爾這時轉身向無法出聲的練士們搭話道：

「我是里涅爾，她是費賽爾，兩個都是騎士見習生。」

「是……是的，曾經在訓練中見過兩位。我們是緹潔·休特里涅練士與羅妮耶·阿拉貝魯練士。謝……謝謝您救了我們。」

緹潔以仍在發抖的聲音報上姓名，羅妮耶則是低下頭來。結果里涅爾以成熟的動作聳了聳肩。

「能不能得救還不知道呢。因為第一部隊與第二部隊的左翼被煙幕籠罩的期間，好像有超過一百隻以上的哥布林穿越防衛線了。」

這時暫時閉上嘴巴的里涅爾才終於筆直地看向連利。

紫中帶灰的眼睛瞬時瞇了起來。

「應該指揮第二部隊左翼的上位騎士大人，在這種地方做什麼呢？你的部下正在煙幕當中不知所措喲。」

連利像是要避開騎士見習生的視線般把臉別開，低聲回答：

「……和妳們無關。把那兩個人和病人帶到安全的地方去吧。」

一瞬間，連利強烈感覺到里涅爾的氣息改變了。

讓人無法相信對方是小孩子的冷冽殺氣撫摸著他的臉頰。被哥布林血液弄濕的劍，反射火把後發出橙色光芒。

想像以前對付二十八號那樣殺了我嗎？

那樣也好，就殺了我吧。說起來屬於失敗品騎士而應該被永久凍結起來的自己，投身於真正的戰場本來就是一個錯誤。事到如今也無法回第二部隊去，就算逃回中央聖堂也沒有容身之處。就算是見習生，能夠被擁有騎士地位的里涅爾處刑，也算符合膽小鬼的末路了。

依然把臉別開的連利，等待著對方斷罪的劍刃。

但是聽見的不是靠近的腳步聲而是細微的呢喃。

「……真是個沒用的傢伙，既然身為上位騎士，總該有些實力吧。你要感謝那位被你稱為病人的劍士喲。」

——這是什麼意思？當連利這麼想並且不由得抬起頭來時，里涅爾已經翻動修道衣的衣角準備離開。

「兩名練士，和桐人一起跟過來吧。」

里涅爾這樣的指示……

「涅爾，來了喲！有八……不對，是十隻！」

和費賽爾的聲音重疊在一起。這時確實可以聽見複數的腳步聲從東側靠近。

轉身的里涅爾迅速對呆站在現場的緹潔與羅妮耶做出指示：

「收回命令，暫時在這裡待機。我先去把那些哥布林收拾掉。」

「好……好的，騎士大人。」

緹潔剛點頭，里涅爾就像滑行般離開帳篷，和費賽爾一起消失了。立刻就聽見哥布林「出現了！伊武姆的小鬼！」的叫聲，腳步聲也隨之遠去。看來她們是打算引開敵人。

毫不膽怯的面對十隻哥布林，大膽的程度讓人很難相信她們只是見習生。但那兩個人就是擁有能辦到這一點的強大實力。

里涅爾雖然批評連利是沒用的傢伙，但她同時也說了「總該有些實力吧」。她們還要連利感謝過去應該是敵人的反叛者桐人。

不但不了解她們這麼說的意思，連利也不認為自己有任何一丁點實力。因為光是看見敵兵，他就連站都無法站起來了。

連利甚至無法鼓起勇氣確認羅妮耶與緹潔現在有什麼樣的表情，只能深深垂著頭。

但他能這麼做的時間也只有短短幾秒鐘。連利的左側，分隔帳篷內外的厚厚麻布突然被一直線撕裂。這時就連他也無法繼續蹲著，只能起身整個人往後飛退。

站在撕裂的麻布後面的，是雖然比剛才的士兵矮了一點，但是身上的鎧甲看起來高級了一些的哥布林士兵。雖然是皮鎧但作工相當仔細，而且還染成黑色。從里涅爾她們沒有注意到這一點來看，應該是擅長隱密行動的偵察兵。

連利下意識把手朝著腰間的飛刀伸去。但還是沒辦法把它拔出來。跟看見最初的哥布林時一樣，從腹部底端滲出來的恐懼，讓他的指尖變得冰冷又麻痺。

雖說連利本身沒有明確的自覺，但他恐懼的源頭並非來自於首次近距離見到的亞人士兵。

而是對於戰鬥這件事情本身。更正確來說，是只要和哥布林戰鬥的話，就會變成互相殘殺這樣的認知所帶來的恐懼。

雖然害怕被殺。但是更害怕殺生。

僵在現場的連利耳朵裡又聽見數道腳步聲。應該和里涅爾與費賽爾帶走的是不一樣的部隊吧。看來穿越防衛線的哥布林確實不只有一二十隻而已。

可能是識破呆立在那裡的連利內心的恐懼了吧，偵察兵咧嘴一笑後就轉向緹潔她們。兩名少女練士把坐在輪椅上的桐人擋在身後，再次勇敢地舉起長劍。但下一刻她們的臉上就閃過絕望的氣息。有幾道影子從蔓延在偵察兵後方的煙幕裡往這邊靠近。

偵察兵擺出右手上類似鐮刀的武器，慢慢地靠近緹潔她們。

「站……站住！繼續靠近的話，就幹掉你！」

紅髮少女毅然如此叫著。但她的聲音卻細微、沙啞而且還發著抖。

「…………」

哥布林默默地縮短距離。剛才的一般兵不同，絕不多說廢話的舉動，也顯示出牠是經過嚴格訓練的上級士兵。但是緹潔也一步都不後退，帶著必死的決心準備揮出手裡的劍。

——沒用的，快逃吧。

連利很想這麼說。但是嘴巴卻沒有動靜。即使到了這個時候，身體還是，不對，應該說靈魂還是拒絕戰鬥這個選擇。

就在此時——

連利的耳朵了聽見了某道細微的摩擦聲。

稍微只把視線往右邊移動。

帳篷深處的陰暗處，無力坐在輪椅上，以空虛表情低著頭的黑髮年輕人。聲音來源是他的左手。抱著兩把劍的手上浮現血管，關節整個隆起，顯示出正灌注著強大的力道。

簡直就像對沒有能拔劍的右手感到憤怒一樣。

「你…………」

連利以幾乎聽不見的聲音呢喃著。

你想要救那兩個女孩子嗎？不要說站起來還是拔劍了，明明連說話都辦不到了。

這時他忽然注意到……

里涅爾與費賽爾剛才所說的「實力」。那一定不是劍技也不是神聖術力，甚至也不是神器或者武裝完全支配術。

而是不論整合騎士還是一般民眾，每個人都打從一開始就擁有，但是很容易就會喪失的小小力量。

也就是勇氣。

連利的右手開始緩緩動了起來。依然麻痺的指尖碰到了腰間的「雙翼刃」。接下來的瞬間，手的感覺恢復了。神器似乎對自己說了些什麼。

哥布林面對緹潔，隨手舉起凶惡的鐮刀。

剎那間——

傳出「咻」一聲撕裂空氣的銳利聲音，藍白色光芒在帳篷內部閃爍。

光芒在連利手邊畫出弧形並往上彈起，掠過帳篷屋頂後急速降下。穿透哥布林的身體才再次改變角度，準確地回到連利筆直伸出的右手食指與中指之間。

「……咕，咿……？」

哥布林像是不知道發生什麼事情一樣發出低吼，牠的臉中央無聲出現一條淡紅色橫線。

接下來，哥布林的頭顱上半部就滑了下來，掉到地面上發出潮濕的聲音。

神器「雙翼刃」是中央彎曲，而且極為單薄的鋼鐵飛刀。

長四十限左右的刀刃不存在能握住的刀柄。兩端都是銳利的刀尖，就是用指尖夾住這個地方進行投擲。一邊高速迴轉一邊飛翔的刀刃，能夠自在地變換軌道並回到主人身邊，屆時再次用兩根手指將它接住。

也就是說，連平常使用它時，都需要跟用劍時完全無法比擬的集中力。只要精神稍有紊亂，就無法接住飛回來的刀刃，手指很容易就會被切落。

光是能輕鬆使用這樣的武器，就能證明連利擁有超乎常人的技術。但是他本人卻完全沒有這樣的自覺。因為無法發動武裝完全支配術這個巨大的自卑感，讓他的精神產生了萎縮。

因此，即使一擊就立刻讓哥布林死亡，也不代表連利已經取回戰意。

一邊感受伸出去的右手前端，傳來冰冷鋼鐵「鏗……」的微微震動，連利一邊重複著急促的呼吸。「殺生，我殺生了」這樣一句話不停在他腦袋裡出現。

「……騎士大人。」

打破寂靜的人是緹潔。練士紅葉色的眼睛裡含著淚水，像呢喃般這麼說著：

「謝謝……您。是您救了我們吧。」

這句話讓因為恐懼而全身僵硬的連利胸口感到一陣溫暖。但是他沒有多餘的心思來回應。

從煙幕後面有複數的影子筆直地往這裡靠近。數量恐怕超過十道。

——不行，我無法繼續戰鬥了。光一隻哥布林就讓我怕成那樣了。

從全身聚集起來的所有勇氣開始煙消雲散。

呼吸變得更急促，腳也開始脫力。

游移著視線來尋找逃走路線的眼睛，再次被黑髮年輕人單臂抱住的兩把長劍吸引過去。

其中一把劍柄上有著精緻薔薇浮雕的劍，這時在微暗中發出淡淡光芒。那淡藍色，但是帶有某種溫暖的微光，簡直就像心臟一樣怦通、怦通跳動著。包裹連利全身的冰冷恐懼，也慢慢地被融化掉。

連利將滿滿的空氣吸進胸口，然後說道：

「……妳們在這裡守護桐人先生。」

「是……是的！」

緹潔與羅妮耶以充滿活力的聲音這麼回答。向她們輕輕點點頭，連利就從哥布林偵察兵撕裂的地點離開帳篷。蜂擁而至的敵兵裡，站在前面的兩隻哥布林發現連利後就露出了獠牙。

右手一閃，藍白色光芒飛過空中。

飛刀回到指尖的同時，兩顆頭顱也掉了下來。但是連利沒有確認結果就移動視線，對準新的目標射出左腰上的刀刃。又有兩隻哥布林瞬時天命全損重重癱倒在地。

這時有新的敵人包圍短短四秒裡就幹掉四隻哥布林的連利。

「是騎士……」

「可以立大功了！」

「殺了他！殺了他！」

籠罩在這樣猙獰的聲音當中，連利為了把敵人帶離背後的帳篷而往前線的方向跑。眾哥布林也喀嚓喀嚓響著鎧甲追了上去。

最後整齊並排在一起的物資帳篷隊列終於中斷了。左手邊是垂直矗立的岩石，前方籠罩在濃密的煙霧下，從煙霧後方不斷有哥布林湧出。他的身後則有追上來的十幾隻敵人。
自己衝進死地的連利，一停下腳步就左右張開夾住兩枚飛刀的雙手並大叫：
「──我的名字是連利！整合騎士連利．辛賽西斯．推尼賽門！想要我的人頭就抱著喪命的覺悟放馬過來！」
聽見他擠出所有勇氣說出的挑釁，哥布林們也以凶暴的吼叫聲來回應。
連利朝著一起舉起彎刀，從前後飛撲過來的敵兵群同時丟出兩枚飛刀。
右手上的刀往右邊。左手上的刀往左邊。兩片畫出圓弧形飛翔的刀刃開始迎擊最前列的眾哥布林。
依序有幾顆頭顱與身體分離滾落到地面。遲了一會兒，身體就噴出濃黑的鮮血並往前倒。
連利沒有用手指夾住回來的兩片刀刃，而是像掛在手指上一樣把它們擋下來。在不減弱威力的情況下讓它們高速地旋轉，沒有絲毫停留就再度把它們投擲出去。
幾乎完全相同的光景就這樣又重複了一遍。如果單純比較普通攻擊的威力，應該超越迪索爾巴德的「熾焰弓」與法那提歐的「天穿劍」吧。「雙翼刃」的刀刃比紙還薄，而這樣的刀刃又以超高速旋轉著，所以可以發揮出半吊子的防具根本無法抵擋的鋒利度。
連續兩次的投擲就擊斃十隻以上的哥布林，這時就連這些不知道害怕為何物的怪物，可能也因為同伴輕鬆就被幹掉的模樣而膽怯了吧，只見突進的速度開始變慢了。

沒問題——只要再撐一下，煙幕變淡的前線應該就會有援軍過來了。

連利一邊壓抑對自己進行大量殺戮的恐懼心，一邊開始第三次投擲。

但是耳朵聽見的，卻不是跟之前相同的以柴刀砍斷小樹枝般的切斷聲。

而是「咯鏗——！」的尖銳衝擊聲。

連利以全力伸長的雙手，接下了即使軌道產生劇烈偏離也還是回到身邊的兩枚刀片。這時已經沒有多餘的心思展現掛在指尖的技術，好不容易才讓致命的刀刃靜止下來。

瞪大的雙眼捕捉到的，是從煙幕深處緩緩現出身影的一隻哥布林。

好大。

身高應該和肉體年齡十五歲的連利差不了多少。但是那包裹全身的強壯肌肉，以及從黃色雙眼放射出來的火焰般殺氣，可以說和其他哥布林完全不同。可能是以方便行動為優先吧，牠穿著在皮革上打了鉚釘，看起來相當輕便的鎧甲，右手上垂著一把厚厚的開山刀。

「……你是大將嗎？」

連利低聲這麼問道。

「嗯。我是山地哥布林族的首領，柯索吉。」

坦然如此回答的哥布林，緩慢地看了一下周圍。

「唉～你倒是殺了我一大堆部下嘛。沒想到還有整合騎士留在這麼後面的地方。真是出乎我意料。」

不只是體格，連說話的用詞遣字都和其他哥布林不一樣。即使燃燒著強烈的殺氣，似乎還是用高度的理智把它壓抑了下來。

——不用擔心，沒問題的。只不過碰巧把雙翼刃彈回來一次，不可能連續彈開。

連利把雙臂在身前交叉，然後大叫：

「你們的戰爭將在此結束！」

他用全力丟出最快的投射。

右邊的刀刃從斜上方下降，左邊的刀刃掠過地面後往上彈起，它們全準確地飛向柯索吉的脖子。但是……

這次依然傳出尖銳、清澈的金屬聲。

敵將柯索吉以讓刀身變成朦朧灰色的速度揮動開山刀，漂亮地擋開來自左右兩邊的同時攻擊。

連利好不容易才抓下被彈回來的飛刀。

——為什麼？雙翼刃應該能斬斷哥布林的武器才對……！

驚愕的連利，視線被柯索吉的開山刀吸引過去。

作工雖然和眾哥布林士兵裝備的蠻刀一樣粗糙，但刀身的色澤卻不一樣。那不是原始的鑄造品。而是花了很長一段時間鍛造精鍊過後的鋼鐵所製成的高優先度利器。

可能是看透連利的驚訝了吧，柯索吉一邊把開山刀拿到眼前一邊咧嘴笑著說：

「這個傢伙嗎？它雖然是試作品，但品質很不錯吧？為了從暗黑騎士團那裡偷取素材與製法，可是流了很多血喲。但是……騎士小鬼，我可不是光靠它才擋下你的攻擊。」

「…………那這招如何！」

連利將雙手往正上方揮盡。朝著黑暗夜空飛舞的飛刀從敵人視界裡消失，畫出大大的弧形後襲擊牠的背部。這不可能被彈——

「…………！」

連利的確信立刻遭到背叛。名為柯索吉的哥布林領袖，竟然把開山刀移到背後，看都不看就把超高速的刀刃彈開。

連利在接下呈不規則晃動回到手邊的刀刃時有些失手，左手的中指立刻遭到割傷。但他甚至沒有多餘的心思感到疼痛。

「小鬼，你的攻擊太輕了。而且還有聲音。」

柯索吉簡短一句話就完全指出了雙翼刃的弱點。

一枚飛刃的重量，可以說輕到讓人很難相信它是被稱為神器的武器。雖說是因為盡可能強化銳利度與迴轉力所無法避免的情形，但也因此在遇上能跟得上它的速度且擁有充分優先度裝備的敵人時，就無法強行突破對方的防禦。

另外，一邊高速迴轉一邊飛翔的刀刃，會發出具特徵的破風聲。如果是確實鍛鍊過耳力的敵人，就可能預測出它的軌道。

連利對柯索吉只是看過幾次攻擊，就能完全識破雙翼刃缺點的智力感到戰慄。哥布林應該是粗野且下等的亞人，想不到竟然有如此的——

「小鬼……你就是一臉瞧不起哥布林的表情。」

柯索吉咧嘴露出藏有某種悲愴感的笑容，然後呢喃著：

「但是，我才想這麼對你說呢。偉大的騎士竟然這麼沒用啊。我聽說……整合騎士擁有一騎當千的實力，看來你並非如此嘛。所以才會躲在這麼後面，我沒說錯吧？」

「……嗯，沒錯。」

說起來，因為眼前的敵人是哥布林便看輕對方本來就是一種錯誤。了解這一點的連利，隨即不再虛張聲勢而點了點頭。

「我是屬於失敗品的騎士。但是呢……你可別搞錯了。沒用的是我，不是這個傢伙。」

他把用雙手指尖夾住的銀色刀刃拿到臉前。

雙翼刃的弱點。要消除它的唯一一個辦法，就只有整合騎士的奧義武裝完全支配術了。

據說這把神器過去是失去左翼以及右翼的一對神鳥。只有一隻的話就無法飛翔的牠們，藉由連結對方的身體，飛上了其他鳥類都無法到達的高度，前往了等同於無限的距離。

這個傳說在連利自己都沒注意到的心底深處，造成了一個銳利的小傷口。

因為合成祕儀而從他記憶裡被奪走的喜愛對象。

那是在四帝國統一大會的決勝戰裡交手，經過超越極限的戰鬥後因為事故而奪走其性命的兒時玩伴好友。

連利和他就如同一對鳥兒。兩個人從剛懂事開始就互相競爭彼此的技術，即使離開故鄉來到央都，也把彼此的存在當成心靈支柱來突破各種試煉，並且到達最高境界的舞台。

但是兩個人的翅膀就在那裡折斷了。

即使記憶被封印然後成為整合騎士，連利也無法填補心裡由喪失感造成的大洞。拿起劍來戰鬥的勇氣，與某個人心靈互通的欣喜，失去這兩樣東西的連利，不可能喚醒各用一片翅膀來飛翔的神鳥。

但是——

在這個戰場上遇見的那名受的傷比誰都重的黑髮年輕人，以及抱在他懷裡的兩把劍。

其中那把發出微弱光芒的劍，以聽不見的聲音對連利搭話。

它說這個世界裡還有即使失去生命，也絕對不會遺失的東西。

那就是記憶。回憶。

某個人的性命將由與其心靈相通的人所繼承，然後再傳承到接下來的生命。只要這個世界還存在，就會永遠持續下去。

哥布林將領露出確定獲得勝利的表情逐漸靠近，連利則是把視線從牠身上移開並靜靜閉上眼睛。

從看起來像是放棄一切的少年身體上，突然間放射出熱風般的劍氣。他隨即啪一聲張大雙眼。夾住兩片鋼刃的雙手，像是要遮住臉的下半部般互相交叉。

「——飛吧，雙翼！」

雙手隨著叫聲往旁邊揮盡。飛舞上天空的兩條光線畫出高高的弧線，從左右兩邊朝著柯索吉襲去。

「重複幾次……都沒用啦！」

哥布林首領擺出開山刀，全力將飛刀彈回去。

尖銳的金屬聲與鮮紅的火花過後，兩片刀刃雖然輕鬆地被彈了回去，但是沒有落到地面而是再次飛向天空。簡直就像兩隻鳥兒倚靠在一起般，畫出螺旋軌道互相纏繞並逐漸靠近。

當兩片刀刃觸碰的瞬間——

「Release……recollection！」

連利高聲詠唱的不是武裝完全支配術，而是上位的真正祕奧義，「記憶解放術」的式句。

純白的光輝照亮整座山谷。

互相朝著對方的兩片鋼刃在光芒中連結頂點並合而為一。

變成十字形緩緩旋轉的刀刃，看起來就像遙遠夜空裡的星星般綻放出藍色光芒。這就是神器雙翼刃解放之後的模樣。

連利靜靜對在遙遠高度持續綻放光芒的自己分身伸出右手。

——真是美麗。

——簡直就像我和……——一樣。

他用力握緊高舉的右手。

十字刀刃開始以驚人的速度迴轉。破風聲急遽升高，最後超越聽覺的極限消失了。

連利以流暢的動作將右手往下揮落。

幻化成光之圓盤的雙翼刃無聲地滑過空中，朝著哥布林前進。

「沒用啦……！」

柯索吉這麼怒吼，接著想用開山刀擊落從上空襲來的雙翼刃。

但是在厚重的鋼板快要捕捉到極薄的鋼刃前。神器的軌道卻產生了劇烈的變化，先是垂直彈跳起來讓開山刀揮空，才再次往正下方加速。

喀。

細微又輕脆的聲音響起。

下一個瞬間，柯索吉經過嚴格鍛鍊的身體正中線出現一條藍白色光芒。

「嘎啊啊啊啊！」

柯索吉迸出猙獰的吼叫，想要朝著連利撲過去。但是左半身的動作比右半身慢了一步。走了一兩步後身體完全分離，各自往左右兩邊倒下。

死亡的瞬間，柯索吉依然以傑出的智力思考著自己為什麼會落敗。

如果要按照牠的認知，貧弱的小鬼騎士應該藏著比自己還要強大的殺意與欲望。但是即使在逐漸分離的視界中再怎麼凝視，都找不出騎士那小孩子般的臉上有任何殺氣。

——這樣的話，我到底是為什麼落敗呢？

雖然很想知道原因，但是下一刻，視界就完全籠罩在黑暗當中了。

用雙手接下飛回來的雙翼刃後，它便無聲地分離，變回原來的模樣。

連利默默地凝視著沒有沾到一滴血的兩片鋼刃。

他被封印的記憶並沒有恢復。說起來，連利根本不知道自己的記憶被封印了。

但他還是確信身體裡還殘留了一些過去曾和自己心靈相通者的回憶，也覺得現在光是這樣就足夠了。

一瞬間閉上眼睛的他，忽然注意到某件事般抬起頭來。敵人大將柯索吉身後，應該還有許多哥布林士兵才對。但是周圍卻靜得出奇。

連利凝眼看向好不容易變淡的煙幕後方，才發現有無數屍體堆疊在那裡。全都是幾分鐘前應該還活著的敵兵。當連利對不知道是誰，又是在什麼時候解決牠們而感到驚訝時——

「……稍微變得像個騎士了嘛。」

聽見這道聲音的他急忙轉身。從右側踩著輕快步伐走過來的是騎士見習生費賽爾·辛賽西斯·推尼奈。她的旁邊也能看到里涅爾·辛賽西斯·推尼耶特。把殘存敵兵收拾乾淨的，無疑就是她們兩個人了。

不知道該怎麼回答的連利只能呆立在現場，綁著辮子的里涅爾則是用鼻子哼了一聲後，才故意行了一個騎士禮。

「上位騎士大人，請您做出指示吧。」

雖然有一半是在調侃他，但總比侮辱好多了。連利乾咳了幾聲後，才對兩人問道：

「……緹潔她們和他都沒事嗎？」

「嗯，剛才讓他們和補給部隊會合了。」

由於費賽爾給了肯定的答案，連利也鬆了口氣並點了點頭。

「入侵的敵兵呢？」

「全部解決掉了。」

這次換成里涅爾來回答。

「那麼……我要回部隊去了，妳們也回去比較好喔。」

「好的～」「了解了。」

兩名騎士見習生以完全感覺不到戰鬥後疲憊的動作轉身快步跑走，連利目送她們離開後，再次把視線移到後方的一大群帳篷上。

…………謝謝。

在心中對兩名少女練士與一名青年劍士道謝後，上位騎士連利・辛賽西斯・推尼賽門就為了與第二部隊左翼會合而開始往東邊跑去。

3

距離持續進行激戰的峽谷大約五百梅爾處，布陣在此地的黑暗領域第二軍最後方。

雖然比不上皇帝貝庫達的地龍戰車，但也相當奢華的四輪馬車二樓座位上，一名露出不少肌膚的高挑女性以雙手抱胸的姿勢站在那裡。她是暗黑界十侯其中一人，暗黑術師公會總長蒂伊·艾·耶爾。

站在旁邊的黑衣傳令術師，目前正抬頭看著主人並低聲宣告：

「西古羅西古大人、西勃利大人、柯索吉大人全都陣亡了。」

蒂伊立刻歪著嘴唇丟出一句：

「哼，真沒用……終究是一群沒腦袋的亞人嗎？」

她瞥了一眼垂在光滑胸口上的項鍊。在銀製圓環上配置了十二顆珍貴寶石的項鍊，是能夠以色澤變化來告知時間的祕藏神器。代表六點的寶石發出橙色光芒，而表示七點的寶石還是一片黑暗。也就是說，從午後六點開戰到現在，才經過短短的二十分鐘左右。

「掌握那些整合騎士的所在位置了嗎？」

以難掩焦躁的聲音如此詢問，傳令術師便詠唱簡短術式，傾聽潛伏在戰場的術師回應後才回答：

「最前線可以目視的三名已經完成瞄準。後方另外又發現了兩名，但還要一陣子才能固定位置。」

「還只有五個人嗎？還是說，本來數量就這麼少了呢……不過，不論如何都要確實解決掉那五個人才行……」

蒂伊以跟面對皇帝時表現出的媚態差距相當大的冷酷表情自言自語後，又稍微思考了一下才下令：

「好吧，放出米尼翁。指令是……」

她瞇起眼睛，目測崩塌的大門到遙遠彼方的戰線有多少距離後，繼續說道：

「……『飛行七百梅爾』、『降落到地上』、『無限制殲滅』。」

「那個距離的話，會把最前線的亞人部隊也捲進去啊。」

「無所謂。」

蒂伊毫無感情地這麼說著。

傳令的女術師也沒有展現任何感情，點頭說了聲「是」後就又繼續問：

「那麼數量又如何呢？目前已經把孵化的八百隻全都帶到現場了。」

「唔，這個嘛……」

蒂伊又繼續思考了一陣子。

必須花相當多黑暗力與漫長時間才能製作出來的米尼翁，對於她來說是比哥布林等亞人還要貴重的戰力。雖然很想保存一些數量，但如果「藉由從後方進行術式集中齊射來殲滅敵人主力」的獻策失敗的話，絕對會引起皇帝的不高興。

「……八百隻，全部投入。」

下令的嘴唇浮現殘酷薄情的笑容。

蒂伊心裡藏著一個野心。就是在這場戰爭中獲勝，從入手那個叫什麼「光之巫女」的之後就再度回到地底的闇神貝庫達那裡繼承皇位，然後支配地底世界所有的國土。

當登上帝位時，像米尼翁這種東西要做幾萬隻都沒問題。原本是最大阻礙的暗黑將軍夏斯達已經死亡，殘留下來還有實力的人就只有守財奴商人和只對戰鬥有興趣的拳鬥士。實現遠大願望的時刻可以說馬上就要到來。

自己要完成連那個半神人，最高司祭亞多米尼史特蕾達都辦不到的征服全世界大業，然後入手據說藏匿在公理教會根據地裡的天命無限化術式。

不老不死。永遠的美。

蒂伊因為從背肌爬上來的甜美戰慄而全身發抖。接著又用紅色舌尖舔了一下塗成藍色的嘴唇。

在這個時候，傳令術師的指令也在前方的暗黑術師團裡傳開了，於是簡直像黑暗獲得翅膀一般的人造怪物就這樣一起往天空飛去。

光滑的皮膚反射火把的光芒，八百隻米尼翁就遵守著命令直接上升，筆直地朝峽谷飛行。

＊＊＊

——來了。

騎士長貝爾庫利從開戰起就一直抿成一條線的嘴角，終於出現了粗獷的笑容。

他察覺有許多飛行部隊入侵保留在大門前方上空的武裝完全支配術圈內了。

那不是暗黑騎士騎乘的飛龍。可以感覺到米尼翁們宛如泥土一般冰冷且毫無靈魂的氣息。

但現在還不能發動。必須等待敵人放出來的所有米尼翁都被「斬擊圈」吞沒才行。

貝爾庫利提升到極限的知覺，早已經捕捉到法那提歐與迪索爾巴德的奮戰，以及暫時逃亡的連利覺醒了等情報。

既然侵略軍前鋒的三名將領都被擊斃，在這種局面下戰線就不會屈居劣勢。再來就只要按照計畫讓在上空待機的第七名上位整合騎士用光所有空間神聖力把敵人的遠距離術式無力化，就能以毫髮無傷的守備軍第二部隊來迎擊身為敵人主力的暗黑騎士團與拳鬥士團了。

貝爾庫利推測應該在這些都結束後才真正輪到自己出場。

不是與長年的好對手——暗黑將軍夏斯達進行單挑。

貝爾庫利早已察覺到敵人大本營裡沒有夏斯達的氣息。數天前感覺到遙遠東方有強大的劍氣消滅——恐怕那就是該名劍豪辭世的時刻了。

貝爾庫利身為最古老的騎士，活過幾乎等同於無限的歲月，所以他已經不再為天命有限者的死而感嘆或哀傷。但就算是這樣，曾經期待過夏斯達將來能夠為暗之國與人界帶來無血融和的貝爾庫利，還是只能對夏斯達的死亡感到遺憾。

事到如今，就只能手刃奪走夏斯達性命的敵人來幫他報仇了。而那個對象，應該就是擁有冰凍且虛無的氣息——雖然不清楚是什麼人，但大概是統率黑暗領域軍隊的敵方司令官。

貝爾庫利感覺自己說不定也會在那個時候喪命。

但是他的心中已經沒有一絲對生命的執著。

能夠死得其所的話，自己很願意獻出生命。

隸屬於法那提歐的下位騎士，在臨死前放射出來的心念，除了讓貝爾庫利感到讚嘆之外，同時也有點羨慕。

不過，當然現在還不是那個時候。

撕裂上空的黑暗入侵的米尼翁群終於全都被斬擊圈吞沒了。

貝爾庫利睜開燦爛發光的雙眼，以緩慢的動作將豎立在地面的愛劍「時穿劍」高舉過頭。

「————斬！」

白刃隨著吼叫聲撕裂虛空。

同一時間，前方上空就有無數白色光條畫出立體格子狀發出眩目光輝。

先是傳出由詭異的臨死悲鳴所形成的大合唱，接著就有一陣黑雨宛如瀑布般降落到敵方亞人部隊頭上。米尼翁的血液帶有微弱毒性，而這也讓失去將領的部隊陷入更嚴重的混亂當中。

＊＊＊

當傳令術師至今為止一直不帶任何感情的聲音裡，稍微可以聽出一絲膽怯的時候，蒂伊就籠罩在不祥的預感當中了。而預感一秒鐘後就變成現實。

「閣下，很遺憾的……八百隻米尼翁，似乎在降落之前就全滅了。」

「什……………」

說不出話來。

接下來的破碎聲，是來自於被砸到馬車地板上的高價水晶杯所發出的悲鳴。

「為什麼！我沒聽說敵方有大規模的術師部隊啊！」

而且在那之前，光是靠術式要屠盡八百隻米尼翁幾乎是不可能的事。因為主要的素材是黏土，所以對於火焰術與凍結術擁有很高的耐性。雖說最為有效的是由銳利刀刃所使出的斬擊，但是地上士兵們的劍不可能擊中在空中的米尼翁。

「……敵人的飛龍還沒出動吧？」

好不容易壓抑下怒火的蒂伊這麼問道。傳令術師維持低頭的姿勢說出肯定的答案。

「是的。戰場上空現在這個時間點還沒確認到任何一隻飛龍。」

「這樣的話……是那個吧。眾整合騎士的王牌……『武裝完全支配術』。但是……沒有想到會有如此的威力……」

蒂伊一邊把語尾吞下去，一邊用力摩擦著露出的犬齒。

和暗黑將軍夏斯達一樣，蒂伊也試著收集與整合騎士暗地裡持有的這個祕術相關的情報。但是到目前為止，連要目擊使用的實例都相當困難了。大概就只知道應該是神器與騎士本人力量的相乘效果。

「但是，像那樣使用武器的話，應該會大量損耗它的天命才對。我想不太可能連續施放這種技術……」

當蒂伊絞盡腦汁這麼呢喃時——

傾聽著前線報告的傳令術師迅速抬起頭來，以有些恢復活力的聲音傳達：

「總長閣下，已經掌握後方兩名整合騎士的位置了。加起來總共有五個目標，目前都在瞄準當中。」

「……很好。」

蒂伊點了點頭，接著繼續思考。

為了讓敵人繼續消費成為最大不確定要素的武裝完全支配術，是不是要投入第二軍的主力暗黑騎士團和拳鬥士團呢？還是在這個時候讓己方王牌暗黑術師團展開行動，一口氣決定勝負呢？

按照蒂伊警戒心相當強的個性，本來是得經過深思熟慮，排除所有問題後才會展開行動。

但是，瞬時失去珍貴的八百隻米尼翁這種意料之外的發展，讓她在不自覺當中被逼入了焦躁的狀況。

蒂伊一面在新的水晶杯裡注滿了黑紫色的酒，一面對著自己這麼說。

——我很冷靜。現在正是抓住光榮的時機。

高舉起一口氣喝乾的酒杯，蒂伊・艾・耶爾高聲下達了命令：

「食人鬼弩弓兵團以及暗黑術師團，全員前進！進入峽谷後就開始『廣域燒滅彈』術的詠唱！」

＊＊＊

咕嚕嚕嚕……

尖銳又感到不安般的喉嚨聲。飛龍「雨緣」正在擔心自己的主人。

整合騎士愛麗絲嘴唇擠出近似笑容的模樣，然後呢喃著：

「沒問題的，不用擔心。」

但是，實際上絕對不是沒問題。她的視界產生奇妙的扭曲，呼吸變得急促，手腳也像冰塊一樣冰冷。即使下一個瞬間就昏倒也一點都不奇怪。

讓愛麗絲產生如此嚴重損耗的，不是開戰後就持續詠唱，現在內部壓力已經提升到隨時都可能爆炸一樣的巨大術式。

而是這個術式所消費的神聖力來源，亦即無數的死亡。

騎士、衛士、修道士。以及身為敵人的哥布林、半獸人、巨人。以驚人速度不斷消耗的生命，在消失前一瞬間的恐怖、悲哀與絕望持續折磨著愛麗絲。

過去的愛麗絲從未在意過人界的一般民眾，甚至是黑暗領域人民的死活。

經過半年來在盧利特村的生活，雖然了解村民們卑微但是努力營生的行為有多麼尊貴，也認知到應該要守護這樣的生活，但是沒辦法去顧慮到生活在暗黑界的人們。事實上，短短十天前左右愛麗絲才毫不猶豫地殲滅了襲擊盧利特村的哥布林與半獸人集團。

黑暗軍隊是無血無淚的侵略者，也是要將其趕盡殺絕的敵人。

在她接下貝爾庫利託付的任務前，一直都是這麼深信不疑。

但是。

怎麼會這樣——

眼睛下方的戰場上不斷有雙方的士兵倒下，而從他們天命裡產生的神聖力，不論是人界人還是亞人，性質都完全相同。全都一樣溫暖、清澈，完全不可能去分辨它是由哪一支軍隊的士兵所產生出來。

想著「這究竟是怎麼回事」的愛麗絲產生強烈的動搖。如果說人界的人民，以及暗之國的怪物在本質上擁有同樣的靈魂，只不過是剛好出生的地點有山脈這一邊與另一邊的差異……

那他們和我們到底為什麼要戰鬥呢？

「………桐人。如果你平安無事的話……」

說不定就能找出一條完全不同的路了，愛麗絲沒有把這句話說出口而是把它壓回心裡。現在必須集中精神在術式上才行。

開戰前的軍事會議裡，愛麗絲對副騎士長法那提歐提出了質疑。她說到底是什麼人有能力行使用盡廣大峽谷裡所有空間神聖力的巨大術式呢？

結果法那提歐筆直地看著愛麗絲回答：

——就是妳啊，愛麗絲·辛賽西斯·薩提。

——妳自己或許沒有注意到，但妳現在的力量已經超越整合騎士的範疇。現在的妳應該可以行使撕裂天地的真正神之力才對。

那個時候覺得對方太看得起自己了。但同時也感覺就算失去性命也要完成這個任務。這是對最高司祭兵刃相向，讓公理教會的統治體制產生巨大變化的自己應該負起的責任。

愛麗絲在這個時候中斷思考，試著把精神集中在收集峽谷放射出來的神聖力並將其轉換為術式上。

但是悲鳴毫不間斷地在峽谷裡響起，不顧愛麗絲的意願就揪緊她的心。

死了。不斷有某個人的父親、兄長、姊妹以及小孩子喪命。

……快一點。

愛麗絲在心裡這麼呢喃著。

這樣的話，就算是一秒也好，希望「那個時刻」快點來到。也就是藉由數倍於目前的龐大死亡來結束這個慘劇的時刻——

＊＊＊

構成侵略軍前鋒部隊的山地哥布林、平地哥布林以及巨人族的亞人混合部隊在快要完全崩壞前撐了下來。

三名首領全部戰死。這也就表示，率領敵軍的騎士比亞人部隊的任何成員都要強。「有實力者可以支配一切」——這就是刻劃在黑暗領域所有居民靈魂裡的唯一鐵則。

如果這場戰爭只有這些亞人的話，士兵們在指揮官被擊斃後就會全面投降了吧。

好不容易才阻止這種事態發生的，是降臨到黑暗領域的暗之神，皇帝貝庫達的存在。皇帝比任何一名十侯都要強，而目前仍未確定祂和人界的騎士究竟是哪一邊比較強大。

所以亞人們只能固守最初的命令，持續揮動武器攻擊目前占上風的人界守備軍。

利用亞人們奮戰所爭取到的幾分鐘時間，身為黑暗領域軍王牌的遠距離戰力，也就是食人鬼族的弓兵部隊與蒂伊麾下的暗黑術師部隊已經前進到快靠近崩塌大門的位置。

作戰是三千名食人鬼部隊在前方架上巨大弩弓，後方同樣由三千名暗黑術師來詠唱攻擊術。執掌全體指揮權的不是食人鬼族首領弗魯咕魯，而是蒂伊心腹的某個幹練高位術師。

該名術師豎耳傾聽從後方傳來的命令，點了一下頭後大喊：

「食人鬼隊，準備發射弩弓！術師隊，開始詠唱『廣域燒滅彈』術式！瞄準人員，開始詠唱對準整合騎士座標的誘導術式！」

廣域燒滅彈是蒂伊·艾·耶爾為了這個作戰而設計出來的大規模殲滅術式。把充滿戰場的空間黑暗力全都轉換成熱素，然後將其放到食人鬼箭矢上來實現長距離的射程。由於不會因為「bird shape」與「arrow shape」等變形式句而消費黑暗力，所以應該會帶有超乎想像的威力。是所有種族都在皇帝貝庫達麾下共同戰鬥才能夠實現的，連「鐵血時代」都不存在的史上最大最強的攻擊術。

蒂伊又採用擅長風素術的術師擔任瞄準人員，為了準確擊中敵軍主力整合騎士而製作出「風之路」，策略可以說準備得相當周到。如果所有燒滅彈都集中降落在同一個地方，就連那個最高司祭亞多米尼史特蕾達都不可能毫髮無傷，它就是擁有這種超高優先度的攻擊。

而過去賢者卡迪娜爾所擔心的正是這種「個人力量無法對抗的數量之力」。

＊＊＊

雨緣再次發出低吼。

但這次是帶著尖銳磨牙聲的警戒音。

愛麗絲擠出渾身力氣重新提振開始朦朧的意識，一直凝視著遙遠前方的夜色。

——來了！

在與守備軍持續混戰著的亞人部隊後方，新的軍隊以整齊劃一的動作迅速接近。他們身上看不見金屬鎧甲的光芒。應該是遠距離攻擊部隊——黑暗領域的暗黑術師團。

他們正是騎士長貝爾庫利最為警戒的，祕藏著足以一舉掃蕩人類守備軍這種強大破壞力的部隊。

但騎士愛麗絲也具有同樣的力量。

愛麗絲持續詠唱著的大規模術式。那是從別人那裡聽見副騎士長法那提歐與桐人的戰鬥才得到點子，可以稱為「反射凝集光線」的術式。

愛麗絲藉由在至今為止的戰鬥裡喪生的無數生命所形成的龐大空間神聖力，首先將晶素變成直徑應該有三梅爾的巨大玻璃球。

接下來再利用鋼素製造出厚厚的銀膜來整個包裹住玻璃球。

最後完成的是一面「封閉的鏡子」。把它放在雨緣背上，翅膀與翅膀中間大小剛好的凹陷處，然後雙手按在光滑的曲面上，從不斷產生的空間神聖力生成光素並把其封進球體裡面。

素因的維持。

這是自古以來就讓許多高位術者相當困擾的，基本卻又究極的技術。

不經常以意識連結著生成的熱素、凍素、風素等素因的話，它們就會隨意在空中飄盪，最後放射出熱氣或冷氣並消滅。能夠同時保持的素因上限，也就是施術者所擁有的終端，亦即雙手手指的數量。

元老長裘迪魯金利用其特殊的體型，只用頭部倒立來將兩腳的腳指也化為終端，於是得以保持二十個素因。另外最高司祭亞多米尼史特蕾達不知道用了什麼技術將銀髮變成終端，成功地同時操縱了一百個以上的素因。

但是，它們全是愛麗絲無法模仿的技術。說起來，不論是十個還是百個素因在這種狀況下都完全不足。因為敵人的暗黑術師有三千人——就算一個人平均起來只能保持五個素因，合計起來也超過一萬五千個素因。

因此愛麗絲便摸索即使把意識從產生的素因上分離也能維持它們的方法。首先想到的是把它裝入某種容器當中。但是，一般作為攻擊術的熱素與凍素，在觸碰到物體的瞬間就會將其加熱或者冰凍起來然後消失。

但是，聽說在中央聖堂五十樓的戰爭裡，桐人用些許鋼素與晶素生成的鏡子來反射法那提歐神器「天穿劍」的光芒後，愛麗絲就得到了靈感。

如果說光碰到鏡子就會被反彈——那就製造一個完全密閉的鏡子就可以了。

然後在裡面生成光素。

理論上，在鏡子的天命耗盡之前，應該可以保持無限個光素才對吧？

＊＊＊

強壯的食人鬼兵們拉緊的弩弓，一邊發出嘰嘰的繃緊聲一邊朝向黑暗的天空。

為了在發出暗沉光芒的無數箭矢上附加炎熱的力量，三千名暗黑術師們高高舉起雙手，一起詠唱著起句。

「「「System call！」」」

只有女性聲音發出的低吟，簡直就像是死亡的合唱一樣。術師們一邊陶醉在應該會產生的巨大力量中，一邊詠唱出接下來的式句。

「「「Generate thermal element！」」」

纖細的指尖閃爍著些許紅色光芒——

但是紅色立刻變暗，冒出細微的煙後就消滅了。

指揮部隊的上位術師，這時無法立刻理解發生了什麼事，於是再次詠唱式句。但結果還是一樣。

茫然站在現場的她，耳朵聽見部下們狼狽的聲音。

「無法生成熱素！」

「這樣下去，將無法發動『廣域燒滅彈』術式！」

為了尋找造成這種現象的理由而環視周圍後，站在旁邊的心腹就畏畏縮縮地開口說：

「部……部隊長大人……這會不會是因為空間黑暗力枯竭了……」

「怎……怎麼可能有那種事呢！」

指揮官愕然這麼大叫。她以戴著幾只戒指的左手指著遙遠的最前線。

「沒聽到那些悲鳴嗎？不是死了那麼多的人界人與亞人嗎！那麼多的生命，到底都消失到哪裡去了！」

現場沒有任何人能回答這個問題。食人鬼士兵們也因為遲遲沒有聽見發射命令而感到焦躁，並持續緊拉著弩弓。

＊＊＊

時候到了。

愛麗絲一瞬間閉上眼睛，內心如此默念。

自己的雙肩將挑起為了一個人而奪走多數性命的罪過。

搭載在雨緣強壯背上的直徑三公尺銀球，內部壓力已經升到臨界點。愛麗絲移開放在上面的雙手，拔出左腰的劍。

「——盛開吧，花兒們！Enhance armament！」

當她高聲這麼大叫，神器「金木樨之劍」的劍身就分離成無數的小球。她一邊操縱著這亮黃色群體，一邊對騎龍下達指示：

「雨緣，低下頭！」

飛龍遵從命令把身體往前傾。銀球無聲地轉動，剛好轉了一圈時就越過飛龍的頭滾到虛空當中。小球們慎重地把它接起來，然後將銀球調整成某一點對準前方斜下的狀態。

瞄準……完成。

愛麗絲吸了一大口氣，然後這麼呢喃：

「……Burst element！」

以內含恐怖威力的術式來說，這實在是太過簡短且單純的式句。

銀鏡球體只有一個地方故意製造得比較薄。

將無限個光素炸裂所產生的龐大光與熱集中在那一點，把銀膜與玻璃燒得通紅並熔解——光與熱就隨著「啵」一聲尖銳的聲音朝著外界放射。

從地上往上看著「那個」的法那提歐，只能茫然呆立在現場，並且想著其威力應該大於天穿劍武裝完全支配術產生的光線幾千倍吧。

除了她以外的衛士與騎士，就只是單純地敬畏著索魯斯的神威。

直徑應該有五梅爾左右的純白色光柱，以超高速從天空往地面降下，刺進亞人部隊中央。然後像撫摸一般改變方向，直接朝峽谷深處而去——

隨著幾千座鐘產生共鳴般的轟然巨響，膨脹的熱量與光波充滿了整座峽谷。下一刻，它就變成直達盡頭山脈稜線一般的火柱屹立在該處，將夜空染成一片紅色。

＊＊＊

蒂伊・艾・耶爾認為幾乎在伸手可及的距離所出現的超大規模爆炸是由自己的作戰所引起，於是嘴上就露出了奸笑。

但是緊接著從峽谷噴出，朝著四輪馬車襲來的熱浪就讓她的笑容倏然消失。

滾燙的熱風所帶來的是亞人部隊，以及蒂伊親手培養出來的眾暗黑術師所發出的臨死悲鳴。

旁邊的傳令術師以沙啞的聲音對呆立在現場的蒂伊宣告：

「……因為不明原因而產生的空間黑暗力枯竭現象，我方的『廣域燒滅彈』術式失敗……

緊接著，由敵陣發出的不明大規模攻擊，亞人部隊的九成、食人鬼弩弓兵的七成，以及暗黑術師隊……三成以上人員都覆滅了……」

「妳說……原因不明的枯竭？」

蒂伊因為終於湧出的憤怒而全身發抖並大叫：

「原因很明顯了！就是那個愚蠢的龐大術式把峽谷的空間黑暗力全都吸盡了！但是……怎麼可能，那種程度的術式連我都……那是只有死去的最高司祭才能行使的術式啊！這樣的話，到底是什麼人幹出這樣的好事！」

雖然如此大發雷霆，但是當然得不到任何答案。

要如何打破目前這種局面呢——在那之前，該怎麼向皇帝貝庫達報告才好呢？被稱為暗黑界數一數二智者的蒂伊・艾・耶爾，這時只能重複著急促的呼吸。

＊＊＊

發動超巨大術式後的反動，以及受到術式所造成的慘劇打擊，愛麗絲剛把金木樨之劍收回劍鞘後就整個人癱到雨緣背上。

飛龍溫柔地接住主人的身體，隨即畫出平緩的螺旋降到人界守備軍的最前線。

率先衝過來的是副騎士長法那提歐。她伸出雙臂，接住快從飛龍身上滑落的愛麗絲。

「……相當精彩的術式與心念喔，愛麗絲。」

對方極為感動的聲音讓愛麗絲硬撐著把眼睛睜開，結果就看見在依然火熱的峽谷底部瘋狂逃走的敵人殘存士兵身影。幾乎看不見什麼屍體。大概不是被最初的光線瞬時蒸發掉，就是被之後的爆炸轟得煙消雲散了吧。

對於這種過於殘酷的破壞，實在無法湧現任何自傲的心情。

但周圍的衛士們立刻傳出海嘯般的歡呼聲。最後這些歡呼全都合而為一，變成了不斷重複的勝利怒吼。

聽見稱讚整合騎士團與公理教會的唱和，愛麗絲才終於吐出憋在胸口的氣，撐起被法那提歐扶住的身體。副騎士長像要慰勞她的辛苦般露出微笑並深深點了點頭。

「敵人撤退了。是妳所帶來的勝利喔。」

同樣以微笑回應這句話後，愛麗絲就正色說道：

「法那提歐閣下，戰爭尚未結束。為了不讓敵人利用剛才的術式所產生的新神聖力，得快點使用治癒術把它們消費掉才行。」

「說得也是……對方的主力部隊暗黑騎士團與拳鬥士團都依然健在。」

黑髮麗人點了點頭，然後以終於可以聽出疲勞的聲音高聲說道：

「好了，能夠行動的人帶著負傷者退後到第二部隊前面！修道士隊以及衛士裡懂得治癒術者，就全力負責治療傷患直到用光空間力為止！還有也不要忘了注意敵陣的動向！」

確切的命令響徹整個陣營，衛士們立刻開始行動。後方不斷可以聽見神聖術的起句。

「我去跟騎士長閣下報告這件事，現場交給妳可以嗎？」

愛麗絲點頭之後，法那提歐就再次露出微笑然後小跑步離開。周圍的人群跟著消失，只有愛麗絲與雨緣留在最前線。

目送副騎士長離開的愛麗絲移動了幾步，一邊搔著愛龍的下顎下方，一邊溫柔對牠呢喃：

「妳也很努力喔，雨緣。一直停留在同一個地方一定很累了吧。回到休息處去好好大吃一頓吧。」

飛龍很高興般叫了一聲，然後拍動翅膀浮上天空，往最後方同伴的所在處滑翔而去。

那麼，自己也幫忙救助傷患吧。這麼想的愛麗絲踏出一步，就在這個時候——

「……………師父。」

低沉的聲音來自於騎士艾爾多利耶。

為了慰勞自己唯一的弟子而轉過身子的愛麗絲，看見平常總是灑脫且輕挑的年輕人，這時卻是一副淒慘的模樣。

右手的劍與左手上的鞭都因為沾了厚厚一層血而染成紅黑色。而且還不只是這樣，白銀鎧甲以及光亮的紫色捲髮都因為敵人噴出的血而髒汙不堪。到底經過什麼樣的戰役，才會變成這種模樣呢？

「艾……艾爾多利耶！你沒受傷吧？」

屏住呼吸這麼問完後，騎士便以有點空虛的表情緩緩點了點頭。

「……是的，沒受到什麼嚴重的傷。但是……我寧願在戰鬥的時候喪命……」

「你在說什麼啊？在這場戰爭結束之前，你都有使命要帶領衛士們贏得勝利……」

「我沒有完成這個使命。」

年輕整合騎士以斷斷續續的聲音如此呢喃。

雖然愛麗絲不知道，但艾爾多利耶被山地哥布林族以煙幕作戰突破防禦線之後，有整整好幾分鐘都在沒有使用術式的情況下，持續無謂的努力想讓煙幕散開，最後才終於率領衛士追趕襲擊後方的哥布林。

但是那個時候山地哥布林的族長柯索吉，已經遭到原本被烙印上失敗騎士標籤的整合騎士連利擊斃。連挽回名譽的機會都被奪走後，艾爾多利耶就失去了冷靜，只是拚命屠戮竄逃的哥布林士兵——然後以被鮮血濡濕的狀態，抬頭看著師父愛麗絲從上空施放威力強大的術式。

「我背叛了……愛麗絲大人的期待……」

艾爾多利耶把霜鱗鞭放回腰間，用左手抓住自己的臉。

「暴露出那麼愚蠢……狼狽的模樣……簡直就是活生生的恥辱……我算什麼騎士……！」

還有，說什麼「我要守護師父」。

那種威力等同於天崩地裂的術式。師父的一切都離自己太遙遠了。

打從一開始，身為天才騎士的師父就不需要像自己這種半吊子的傢伙了。因為自己不論是在劍術、術力以及完全支配術上都沒有特別突出的才能，甚至還被哥布林這種亞人的計策擺了一道，暴露出如此愚蠢的模樣。

這種模樣還想獲得師父的心……以及愛，實在是太可笑了。

「我……根本沒有資格自稱是愛麗絲大人的弟子！」

艾爾多利耶以立刻要吐出血般的激動態度這麼大叫。

「你……你已經做得很好了！」

愛麗絲即使感到茫然，還是硬擠出這句話來。

艾爾多利耶到底發生了什麼事？前線雖然多少產生了些混亂，但還是沒有受到什麼傷害就持續擋下敵人的攻勢了不是嗎？

「……不論是我、守備軍以及人界的眾人民都需要你。為什麼要這樣責備自己呢？」

雖然已經盡可能以平穩的聲音這樣問道，艾爾多利耶眼裡的憂鬱還是沒有消失。騎士被濺到不少血的臉頰抽動著，然後以很難聽清楚的聲音呢喃著：

「需要……是身為戰力……還是…………」

艾爾多利耶無法把話說到最後。

突然間，異樣的低吼震動著空氣，愛麗絲與艾爾多利耶同時移動臉龐。

「呼嚕嚕嚕嚕……」

那是讓人聯想到狼隻威嚇敵人時發出的低沉喉嚨吼聲。愛麗絲瞪大眼睛，凝視峽谷深處的黑暗。

在目前仍在峽谷各處冒起的火焰照射下，可以看見巨大的影子聳立在該處。

那不是人類。在奇妙角度下彎曲的下肢、異樣纖細的腰圍、前傾的強壯上半身，而上面的頭顱則幾乎跟狼一模一樣。那無疑是黑暗領域的亞人——食人鬼族了。

迅速把右手放在愛劍劍柄上的愛麗絲，立刻就發現對方沒有帶任何武器。甚至左半邊已經受到嚴重的燒傷，現在還微微冒著白煙。牠已經因為被白熱光線焚燒而受了重傷。但是為什麼沒有和其他活著的同伴一起撤退呢？

稍微確認了一下周圍，發現所有衛士都退到後方，待在現場的只有愛麗絲與艾爾多利耶而已。愛麗絲一邊警戒著食人鬼的舉動，一邊以嚴厲的聲音詢問：

「……你的天命幾乎快耗盡了。手無寸鐵的你為什麼還站在那裡呢？」

結果亞人以痛苦的低吟回答：

「……咕嚕嚕……我是食人鬼的首領，弗魯咕魯………」

長長的舌頭從自報姓名的嘴裡垂下來，另外可以聽見牠呼呼的急促呼吸聲。

愛麗絲握住劍柄的手開始用力。既然是食人鬼族的首領，就代表牠是暗黑界十侯之一，也就是敵軍最高級的將領。這樣的話，果然是用最後的力量來這裡殺敵的吧。

但是，食人鬼接下來卻說出超乎想像之外的發言。

「我看見了……施放那種光之術的是妳。那種力量與模樣……妳是『光之巫女』。咕嚕……只要把妳帶去……戰爭就能結束。食人鬼就可以回草原……」

牠——到底在說什麼？

光之巫女？戰爭會結束……？

雖然完全不了解是什麼意思，但愛麗絲直覺自己目前正獲得相當重要的情報。得打探出更多消息才行。到底什麼是光之巫女，還有要把她帶到哪裡去呢？

但食人鬼中斷發言的那個瞬間——

「可惡……臭野獸在胡說八道什麼！」

發出怒吼的是艾爾多利耶。他高舉起右手上沾血的劍，一直線往食人鬼首領砍去。

但是他的劍刃沒有往下揮。

愛麗絲用宛如瞬間移動般的速度衝出去，然後以右手指尖夾住艾爾多利耶的劍，擋下了他的全力斬擊。

「師……師父，為什麼？」

即使面對膝蓋瞬間一軟並發出如此聲音的弟子，愛麗絲還是沒有多餘的心思對他搭話。她一放開劍，就緩緩靠近呆立在那裡的食人鬼。

靠近一看之下才發現，亞人受的不只是重傷，早已是致命傷了。左臂到胸口都燒得焦黑並且炭化，左邊眼球也呈現白濁狀態。雖然察覺到牠連意識都已處於半混沌狀態，但愛麗絲還是慎重地繼續問道：

「──我正是光之巫女。那麼，你要把我帶到哪裡去？是誰想要找我呢？」

「……嚕嚕嚕嚕……」

食人鬼正常的那隻眼睛發出暗沉的光芒。混雜著鮮血的唾液從長長的舌頭流下來。

「……皇帝……貝庫達這麼說了。祂只想要光之巫女。抓到光之巫女者，什麼願望祂都會聽。食人鬼……要回草原……養馬……抓鳥……過生活……」

──「皇帝貝庫達」。

也出現在人界神話裡的暗黑之神。有這樣的神明降臨在黑暗領域裡了嗎？就是那個神明為了獲得「光之巫女」而引起戰爭嗎？

愛麗絲把獲得的情報牢牢刻劃在腦袋裡，並對眼前的亞人報以帶著憐憫的視線。

有著狼頭的戰士身上，完全沒有哥布林散發出來的那種原始欲望的臭味。只是按照命令參戰，遵從命令拉開弩弓——但是甚至還沒有發射，部族的成員就幾乎死絕了。

「……你不恨我嗎？殺死你大部分子民的就是我啊。」

愛麗絲雖然知道於事無補，還是忍不住要這麼問。

食人鬼的答案相當單純。

「強者……自然背負著同等的實力。我也……背負著首領的責任。所以……要抓住妳，帶到……那裡…………！」

咕嚕嚕嚕喔喔喔喔！

食人鬼口中忽然迸發出凶暴的吼叫聲。

強壯的右臂以眼睛看不見的速度朝著愛麗絲伸去。

鏘。

金木樨之劍的劍鍔發出短暫的聲響。愛麗絲以比食人鬼快了一倍的速度拔劍，劍光一閃後就又收劍入鞘。

亞人巨大的身軀倏然停止。

愛麗絲往後退一步的同時，食人鬼的身體也慢慢癱到大地上。強壯的胸膛上浮現一直線的傷痕，這時最後的天命也化成淡淡光芒從該處溢出。

愛麗絲把右手蓋在高傲的狼頭戰士屍骸上。接受輕飄飄放射出來的神聖力後，利用它產出了一些風素。

「至少讓我幫你把靈魂送到草原去吧……」

愛麗絲右手一揮，綠色光芒就化成一陣旋風，朝著東邊的天空升去。

4

平伏的蒂伊額頭碰著龍戰車地板，打從內心害怕往下看著自己的皇帝貝庫達視線。

皇帝淡藍色眼睛裡沒有憤怒。只是毫無感情地計算著蒂伊的價值。當判斷自己是無能、無用的下屬時，皇帝究竟會做出什麼樣的處分呢——光是想到這一點，蒂伊就連骨髓內部都開始發抖。

最後皇帝才用低沉流暢的聲音簡短地問：

「嗯。也就是說，妳的策略之所以失敗，還有千名暗黑術師死亡，完全是因為敵人先吸收、消費了空間黑暗力……是這樣嗎？」

「是……是的！」

蒂伊稍微抬起臉來這麼回答。

「正是如此，陛下。因為最高司祭死亡後，就沒獲得對方殘留如此強大術者的情報……」

「沒辦法補充黑暗力嗎？」

打斷拚命找藉口的蒂伊，皇帝開始詢問對應的策略。但聽見這個問題後，蒂伊也只能搖了搖頭。

「很……很可惜的是……要補充足以殲滅敵人整合騎士的空間黑暗力，必須要有豐富的地力與陽光，但戰場上是兩者皆無。黑曜岩城的藏寶庫裡應該祕藏著能轉換成黑暗力的輝石，但前往回收也得花上幾天的時間……」

「原來如此。」

皇帝輕輕點了點頭，接著將銳利的臉龐轉向遙遠彼方的峽谷。

「……但就我所見，這塊土地沒有草木，而且太陽也已經下山。那妳原本準備用什麼作為力量源頭來行使大規模術式呢？」

蒂伊因為過於恐懼，所以無法對於身為暗黑術開山祖師的神明貝庫達，竟然對自己詢問如此基本的原理感到不對勁。拚命想保全自己性命的女術師，專心地開口表示：

「是的，那是因為這裡怎麼說也是戰場……眾亞人以及敵兵所流的血以及耗盡的生命，都會變成黑暗力充滿整個大氣之中。」

「唔……嗯。」

由於皇帝從暫時的皇座上站起來，蒂伊立刻全身緊繃。

黑皮長靴發出喀、喀的聲音往這邊靠近。蒂伊承受著內臟被人絞住般的恐懼。

在整個人凍住的蒂伊左側停下來後，毛皮披風衣角被夜風吹得不停飄動的皇帝輕聲呢喃著：

「血與……性命嗎？」

＊＊＊

「光之巫女……？」

騎士長貝爾庫利大大咬了一口把水果乾與果實切碎後製成的簡單麵包後，就動著強壯的下顎，以模糊的聲音這麼說道。

利用這一時的停戰狀態，補給部隊緊急將糧食發送給守備軍的士兵們。負傷者的治療也大致上結束，在同時也是高位術者的整合騎士活躍下，甚至連已經陷入瀕死狀態的人這時都爬起來喝湯了。

但已經喪生者當然無法復活。兩千人以上的第一部隊中，有將近一百五十名衛士以及一名下位騎士喪命了。

愛麗絲對坐在折疊式桌子對面的騎士長點了點頭。

「是的。我不記得曾在任何的歷史書籍上看過這樣的名字，但可以確定敵人的司令官強烈地想要獲得這名人物。」

「司令官……闇神貝庫達嗎？」

貝爾庫利發出這樣的低吟，而副騎士長一邊在他面前的杯子裡倒下西拉魯水，一邊開口表示：

「神明的復活這種事……真的很難令人相信……」

「是啊。但有些事情也因此而說得通了。妳不可能沒感覺到籠罩著敵人大本營的異質心念吧。」

「是……的確可以感受到像是被吸進去一般的冰冷氣息……」

「自從世界被創造出來後，東大門首次崩塌了。或許應該要有發生什麼事情都不足為奇的觀念比較好。不過呢……大小姐啊。」

貝爾庫利以強勁的目光由正面看著愛麗絲。

「假設闇神貝庫達降臨到黑暗領域，而那個傢伙希望能獲得『光之巫女』，然後那個巫女又是大小姐好了。問題是……這能對目前的戰況產生什麼樣的影響喔。」

沒錯。

結果還是這一點最重要。就算貝庫達獲得巫女就滿足了，剩下來的黑暗種族在吞沒人界之前也絕對不會停止戰爭。所以無論如何都得死守這個峽谷的狀況還是沒有任何改變。

但是愛麗絲腦袋裡還有另一個揮之不去的單字。

「世界盡頭的祭壇」。

半年前，中央聖堂最上層的激鬥過後，透過水晶板與桐人對話的「外界之神」所說的話。

——到世界盡頭的祭壇去。

——從東大門出去後一直往南。

到那裡去的話，說不定就有讓桐人恢復意識的方法。但就算再怎麼想過去，也沒辦法放棄大門的防衛。

不過，如果對方會追過來的話。

為了獲得光之巫女的貝庫達與祂的軍隊，如果會追著單獨從大門離開的愛麗絲。

這樣不就能把敵軍帶離人界，爭取到強化守備軍的時間了嗎？

在隱藏過於不確定的「祭壇」情報下，愛麗絲以毅然的口氣對守備軍最高指揮官宣告：

「叔叔……不對，貝爾庫利閣下。我要單身突破敵陣，然後往黑暗領域的邊境前進。敵人的首腦想要『光之巫女』的話，應該就會帶領不少屬下來追捕我。在拉開充分距離之後將其分斷，然後請你們反過來攻擊、殲滅剩下來的敵軍。」

＊＊＊

皇帝貝庫達以不帶任何感情的清脆聲音說道：

「蒂伊．艾．耶爾。三千的話應該夠了吧？」

「什麼……？」

不了解這句話意思的蒂伊再次抬起頭來。皇帝光滑的側臉，甚至讓人覺得祂看起來變得更加和氣，但是淡藍色眼睛卻透出令人發抖的光芒來往下看著下方的軍隊。

貝庫達的嘴再次動了起來：

「為了有充足的黑暗力來再次使用排除敵人整合騎士的大規模術式——」

接下來的話，讓已經相當冷酷的蒂伊都因為愕然而瞪大了眼睛。

「我是問妳消費三千名半獸人預備兵的性命夠不夠。」

從雙腳往上爬的寒氣。深邃的恐怖。

這些感覺在滲進蒂伊腦袋裡的過程中，轉變為甜美的陶醉。

「……非常足夠了。」

蒂伊在無意識中把額頭貼在皇帝的靴子上並呢喃：

「嗯，相當充足了，陛下。我會帶領剩下來的兩千名術師，全力展現給您觀看……我們暗黑術師公會史上最大最強，而且從來沒有人見過的恐怖術式……」

＊＊＊

不論是人界還是暗黑界，居住在Underworld者的名字，代表的意思和使用的言語之間都沒有直接關連。

這是因為負責養育最初人工搖光的四名RATH技術人員沒有考慮太多名字的事情，只是隨便為自己的小孩與孫子取了一些聽起來就像是奇幻世界的外國名字。

起初的四人死去（登出）之後，搖光們就得開始獨力產子並養育他們成人。這時最先讓他們感到困惑的，就是尚未確立的命名方法。

在沒辦法的情況下，初期的父母親只能給孩子取些像自己一樣的，由無意義的發音所組成的名字。但隨著時代演進與世代交替，不知不覺間就出現了命名法則，最後甚至進化成Underworld獨自的「命名術」。

也就是——賦予日文片假名所有字母，以及濁音、半濁音獨自的意義，藉由組合這些字來祈求孩子的未來。

要舉例的話，a行的文字代表真摯。ka行音代表開朗。sa行則是俊敏。ta行是健康。na行是大方。Ra行是美麗……等等。比如說「尤吉歐」是希望小孩子能夠溫柔、做事迅速、正直的意思。「緹潔」則是希望小孩充滿精神、樂於助人，而且擁有武術長才所取的名字。「羅妮耶」是希望小孩將來可愛、心靈富足且認真的名字。

黑暗領域的亞人們在命名術方面也幾乎跟人界一樣。比方說「西古羅西古」是敏捷、勇猛、精悍以及應保持敏捷勇猛這種貪心的名字。繁殖力相當強的哥布林族則是例外，牠們大多是使用「柯索吉（註：日文為削除之意）」與「西勃利（註：日文為榨之意）」這樣的動詞連用形。另外暗黑術師的名門則認為命名術是下等習俗，所以擁有只用古代暗黑語開頭字母的傳統。

那麼——

率領亞人五族的五名將領中，最後還殘活著的半獸人族首領。

牠的名字是「利魯匹林」。

利魯匹林對於人類有強烈敵意已經是眾所皆知的事實，甚至足以讓暗黑將軍夏斯達表示牠和暗黑術師的首領、哥布林族族長都是阻礙與人界締結和平條約的最大阻礙。

但那絕對不是與生俱來的個性。

當牠出生於半獸人的名門望族時，就被稱讚是一族的歷史上外表最為俊美的嬰兒。被賦予的名字裡甚至帶有三個表示美麗的ra行字母，這在半獸人當中是很罕見的例子。

利魯匹林正如雙親所願，成為一名不論是容貌還是本性都相當美麗的年輕人。而且也擁有武術天分，每個族人都期待牠成為下一任首領。到了某一天，牠和當時的族長一起離開半獸人領地所在的東南方湖沼地帶來到帝宮黑曜岩城。

牠身上裝飾著金碧輝煌的鎧甲與劍，驕傲地挺直背桿進入帝宮外圍的城市，結果看見的是——有著纖細身材、光亮頭髮以及美麗容貌的人族。

利魯匹林隨著毀天滅地般衝擊所知道的是，自己的俊美外表還得加上一句「以半獸人來說」這樣的前提。另外也得知半獸人被嘲笑是暗黑界裡最為醜陋的種族。

圓滾滾的肚子、短短的手腳、巨大平坦的鼻子、小而且扁的眼睛、下垂的耳朵。

被賦予這種長相的半獸人裡，利魯匹林之所以會被稱讚為俊美，完全是因為長相有點接近人族這樣的理由。

當知道這一點時，利魯匹林就陷入靈魂差點崩壞的困境。之所以還能保持自我，靠的全是某種激烈的感情。

也就是敵意。總有一天要滅亡人族，把他們全都變成奴隸，然後為了讓他們無法再嘲笑半獸人族而把他們的眼睛全部弄瞎，利魯匹林就在暗藏著這種慘烈決心的情況下成為半獸人的首領。

但是，牠絕對不像柯索吉那樣天生就擁有殘暴的個性。對於人族的敵意是基於巨大的自卑感，而牠對於一族的成員來說依然是相當慈悲的名君。

「這……這太過分了！」

皇帝的命令傳達下來時，利魯匹林忍不住這麼大叫。

半獸人族已經提供了一千名成員作為第一部隊的補充兵力，而且全都喪生了。在自己無法指揮的地方，隨著哥布林與巨人族的命令作戰並且戰死。光是想到牠們，就會產生內心遭到撕裂般的痛楚了，而現在全新下達的指示更是超乎想像的殘忍。

為了籌措暗黑術師的攻擊術力量來源，派出三千名人柱吧。

不要說身為戰士的名譽了，這種死亡方式可以說連身為智慧生物的尊嚴都被否定了。和普通的肉品——輜重部隊作為食材所帶來的毛長牛有什麼兩樣呢？

「我們是為了作戰而來到這裡！不是為了以生命來彌補妳們的失敗！」

利魯匹林擠出尖銳的聲音來如此辯駁。

但是雙手環胸站在那裡的暗黑術師總長蒂伊以冰冷眼神往下看著半獸人首領，並傲然丟出這麼一句話：

「這是皇帝的敕令！」

半獸人的首領頓時說不出話來。

在暗黑將軍所引發的叛亂騷動裡，已經確實地見識過皇帝貝庫達的實力了。祂是遠超過十侯的，具壓倒性力量的強者。

必須遵從強者的命令。這就是暗黑界絕對的鐵則。

但是——但是……

呆立在現場的利魯匹林，緊握住的雙拳已經開始發抖。

這時從牠背後傳來以半獸人來說算是悅耳的聲音。

「首領啊，我們必須遵從皇帝的命令才行吧。」

驚訝地回過頭去，就看見站在那裡的是一名以同族來說身材算是纖細，而且有著優美長耳朵的女半獸人。對方出身於與利魯匹林有遠親關係的豪門，從小就經常一起遊玩。

女半獸人嘴角露出平穩的微笑並繼續說道：

「為了皇帝……以及我們這一族，我和我屬下的三千名士兵，很樂意犧牲自己的性命。」

「…………」

利魯匹林說不出話來，只能像是要咬碎長長的牙齒般用力閉緊嘴巴。女半獸人往前走出一步後，就壓低了聲音呢喃：

「利魯。我相信不只是人類，死去的半獸人靈魂也會被召回神界。總有一天……我們還會再見面。」

利魯匹林很想說不必連妳都犧牲性命。但是為了讓三千名士兵立刻接受這不合理的命令，確實只有讓牠們在某方面比族長更加崇拜的公主騎士與眾人迎接共同的命運。

利魯匹林鬆開拳頭，握住公主騎士的手，像呻吟般說道：

「抱歉，蓮……原諒我吧……真的很對不起……」

一邊以厭惡的神情往下看著兩個人，蒂伊．艾．耶爾一邊又說出毫無慈悲心的發言：

「五分鐘以內，以密集陣形將三千名士兵集中在峽谷前方一百梅爾的地點。就這樣了！」

半獸人首長以幾乎快冒出火來的雙眼瞪著轉身離開的暗黑術師。為什麼只是身為半獸人，就得遭受這樣的對待？雖然至今為止不停反覆出現的問題再次襲捲牠的內心，但牠這次依然找不出答案。

排成整齊的縱隊往死地邁進的三千名士兵，露出某種更為自傲的模樣。但是目送牠們離開的七千名同族，卻傳出了又低又沉重的啜泣與怨嘆聲。

跨坐在裝甲豬上的公主騎士所率領的三千名半獸人，昂首闊步走過暗黑騎士團與拳鬥士團陣營之間，在峽谷入口處後面一點的地方組成方陣。

沒有被剛才那陣巨大爆炸捲進去的兩千名暗黑術師就像早已等不及一樣，隨即現出不祥的身影包圍住方陣。

開始的詠唱可能是反映出術式有多麼恐怖吧，可以聽見它伴隨著刺耳的不協調音震動著大氣。

「啊……啊啊……」

利魯匹林發出沙啞的呻吟聲。突然間，半獸人士兵們像感到很苦悶般扭曲身體並癱軟到地面上。

白色閃爍的光粒毫不間斷地從牠們痛苦掙扎著的身體被吸出。這些光粒在眾術師手邊聚集起來的同時就變成黑色，一邊盤旋著黑色黏液，一邊轉變成奇怪長蟲一般的模樣。

三千名士兵的悲鳴，尖銳且鮮明地傳進利魯匹林的耳朵裡。另外還有混雜在悲鳴裡的各種吼叫聲。

半獸人萬歲。榮耀歸於半獸人。

接下來，士兵們的身體就開始不斷地爆炸。一面噴灑出血與肉片一邊放出大量光芒，然後馬上被眾術師奪走。

不知道什麼時候利魯匹林已經雙腳跪地，用右拳擊打著地面。流出來的眼淚順著牠的大鼻子兩側往下滑，最後落到黑色砂石上發出聲音。

扭曲的視界中央，身穿顯眼鎧甲的公主騎士全身迸發出鮮紅花朵般的鮮血。

「…………蓮茱……！」

在牠從喉嚨裡擠出這個名字的同時，公主騎士也緩緩倒到地面，並且再也看不見了。

咬緊的牙齒撕裂嘴唇，讓利魯匹林也從嘴裡滴下血來。

——臭人類。

臭人類！

你們這些臭人類！

每當腦袋中心爆出憤怒與怨恨的吼叫，右眼不知道為什麼就會感覺到強烈的疼痛。

＊＊＊

時間往前回溯十幾分鐘。

人界守備軍大本營裡，分為兩支部隊的衛士們宣誓著一定要再次見面，重複著用力的握手與擁抱。

接受整合騎士愛麗絲宣言的騎士長貝爾庫利，另外又多加了一個決定。

這個決定就是讓五成的士兵與成為誘餌吸引敵軍的「光之巫女」愛麗絲同行。當然愛麗絲強烈反對這個決定，主張要單獨行動，但騎士長不接受她這個要求。

——目前依然有許多敵人。只有大小姐一個人當誘餌的話，追過來的敵人也不會太多吧。

只有帶著充分數量的士兵一起逃走，才能讓切斷策略成功。

聽對方這麼一說，也就沒辦法再反駁了。確實光靠著食人鬼首領所說的曖昧情報，就主張自己一個人能夠吸引所有敵軍實在太過勉強了。

而且愛麗絲不只是自己要坐在雨緣背上，還打算把桐人也帶走。畢竟她還是有點擔心獨自成為誘餌的自己，是不是能持續保護他的安全。有部隊與自己同行的話，在這方面心裡總是會踏實許多。

決定分割守備軍的貝爾庫利隨即讓大家受到更大的驚嚇。

身為總指揮官的騎士長本人也參加了誘餌部隊。

被任命為殘留部隊指揮官的法那提歐以及迪索爾巴德都強烈反對這個決定。

「你們都充分盡了自己的力量。也稍微讓我戰鬥一下嘛。」

面對以告誡的口氣如此說道的貝爾庫利，法那提歐揚起眼角提出抗議：

「我不在身邊的話，連衣服都不會摺的人說這是什麼話！」

這讓騎士與衛士們發出了很大的鼓譟聲。貝爾庫利只能露出苦笑，把臉靠到法那提歐耳邊低聲說了些什麼——驚人的是，副騎士長隨即低下頭不再堅持自己的意見了。

迪索爾巴德也因為被指出剛才的戰鬥裡已經用完箭矢這個明確的事實，所以在沒辦法的情況下也只能同意這個決定。現在雖然已經派出補給隊員前往最近的城市購買，但那也不是一兩個小時就能解決的事情。

前進部隊與留守部隊，兩邊士兵的臉上都帶著同樣的緊張與擔心。實際上，實在很難判斷哪一邊比較危險。只有神明——不對，只有敵軍總指揮官闇神貝庫達才知道有幾成敵軍會追趕誘餌部隊，又有幾成敵人會繼續攻擊峽谷。

最後加入誘餌部隊的貝爾庫利、愛麗絲、連利、謝達等四名上位騎士與其飛龍，再加上千名衛士隊、兩百名修道士隊以及五十名補給部隊的準備都完成了。艾爾多利耶雖然也堅持要參加誘餌部隊，但在愛麗絲強力勸戒下心不甘情不願地讓步。騎士見習生里涅爾與費賽爾同樣也吵鬧著要同行，但在聽見騎士長「接下來就拜託妳們了」的請託後，她們似乎也只能同意這個決定。

為了運送物資，部隊準備了八輛由四匹馬所拉的高速馬車。坐在輪椅上的桐人與兩名少女練士應該也在其中一輛裡面才對。

愛麗絲對於是否讓緹潔與羅妮耶同行感到非常猶豫。但還是需要照顧桐人的人，再加上不知道為什麼，上位騎士連利發誓就算喪命也要守護她們的安全。

老實說，愛麗絲不太有關於騎士連利的記憶。但她認為對方殘留著稚氣的臉龐上散發出來的決心，以及裝備在兩邊腰間的神器「雙翼刃」那充滿魄力的光輝絕對不會騙人。

貝爾庫利的騎龍「星咬」一開始沉重的助跑，衛士們之間就發出了經過壓抑的歡呼聲。

愛麗絲一邊握著雨緣的韁繩等待著離陸的時刻，一邊瞄了一眼在地上送行的艾爾多利耶。

總是相當多話的弟子，在準備出擊的這段期間變得特別沉默寡言這件事令她有點在意。但就在愛麗絲想對艾爾多利耶搭話的時候，星咬已經輕輕離陸，愛麗絲也急忙面向前方溫柔地踢了一下雨緣的肚子。愛龍經過強力的助跑後浮上空中，接著連利的騎龍「風縫」與謝達的騎龍「宵呼」也跟在後面。

以緩慢速度飛在前面的貝爾庫利回過頭來大喊：

「好了，離開峽谷的同時，就朝敵人本隊一起發射飛龍的熱線！雖然對方應該幾乎沒有遠距離攻擊的手段了，還是要注意龍騎士啊！」

聽見騎士長的指示，眾人立刻敏銳地回答了一聲「是的」。

後方不遠處有騎馬與徒步往前突進的眾衛士腳步聲追上來。他們和馬車部隊離開峽谷，朝著南方——也就是右邊轉進，在他們離開充分的距離前，就只能靠四名上位騎士來攪亂戰場。

又黑又暗的峽谷前方，可以看見無數的火把。

數量實在太多了。明明打倒那麼多敵人，對方卻還殘留著將近三萬的兵力。

不過那些主戰力應該是暗黑騎士與拳鬥士。他們全都是專門進行近身戰鬥的部隊，對於乘坐飛龍的整合騎士沒有有效的攻擊方法。

——不對。

這是什麼？

破風聲底下傳來低沉曲折，聽起來像是詛咒一般的唱和。

術式的……多重詠唱？

怎麼可能，這一帶應該沒有能夠行使大型術式的神聖力了！

愛麗絲想要否定自己的直覺。

但同一時間，飛在前方的貝爾庫利也大音量丟出一句：「那些傢伙……到底想做什麼！」

＊＊＊

啊啊。

好強大的力量！

暗黑術師總長蒂伊·艾·耶爾一邊將雙手高舉向天，全身一邊因為甜美的狂喜而發抖。

過去曾經有術師享受如此濃密、飽和的空間黑暗力嗎？

擁有智力的生物，其天命是這個世界優先度最高且最純粹的力量來源。就算生命是來自於下賤醜陋的半獸人也是一樣。如果將這個密度比喻成百年美酒，那麼由陽光與大地供給的黑暗力就只是清水而已。

剛才準備用來使出「廣域燒滅彈」的，怎麼說也只是在戰鬥裡消費掉的生命殘渣。但目前是直接利用術式將三千條性命轉換成黑暗力。

蒂伊以下的兩千名術師所伸出的雙手上，纏繞著好幾隻黑色雲霧凝聚起來後所形成的，擁有無數隻腳的醜惡長蟲。

這些是由暗素所生成的「吞噬天命」的擬似生物。不論是優先度多麼高的劍與鎧甲，只要是有實體的東西就無法擋下它。黑暗力的變換效率雖然比火焰攻擊差，但有如此豐富的供給源的話就另當別論了。

為了報敵人以「光之柱」燒殺自己千名貴重部下的一箭之仇，蒂伊才會選擇了這個術式。就連痛苦掙扎而死的半獸人士兵臨死前的悲鳴，這時候聽起來都相當悅耳。

「好……『死詛蟲』術，準備發射！」

高聲叫道的蒂伊雙眼——

捕捉到四名不知道哪根筋不對，直接從峽谷深處往這邊突擊的龍騎士。

一瞬間的驚訝立刻轉變成歡喜。這樣的話，就能一舉收拾敵人最大戰力的整合騎士與他們的飛龍了。

「不要急！讓他們再靠近一點！還沒……還沒…………——就是現在，發射——！」

沙哇啊啊啊啊啊啊啊！

帶著恐怖到令人發抖的震動聲，無數的黑色長蟲就朝著敵人騎士一直線飛撲了過去。

＊＊＊

視線一確認到敵人宛如漆黑巨浪般往這邊撲來的攻擊術，不要說一般平民衛士，就連上位整合騎士思緒都暫停了幾秒鐘的時間。

眼前暗素術的優先度應該遠遠超越愛麗絲剛才施放的光素術。那是無法進行物理防禦，直接讓天命損耗的詛咒系遠距離攻擊。

暗素術在神聖力的轉換效率上比較低，那麼在周圍空間力枯竭的狀況下，敵人是如何發動如此大規模、高密度的術式呢——識破這個謎團的，就只有騎士長貝爾庫利一個人。

但是他也無法立刻就對應方法做出指示。

所有攻擊術都存在成為其源頭的素因、密度、範圍、速度、方向等眾多的屬性。

因此想要防禦的話，就需要抵消或者反過來利用這些屬性。火焰術的話就以凍素來抵消，追蹤術的話就撒下誘餌，直進術的話就以高速來迴避，能夠像這樣瞬間選擇適切的對應，可以說是身為高位術者的條件。

但只有這種場合例外。

敵人的攻擊規模實在太龐大了。

只有光素能夠抵消暗素。但是光素的轉換效率也不高，實在無法產生足以掃除那麼多詛咒的數量。雖然法那提歐的記憶解放攻擊一定可以擊穿敵人術式，但天穿劍的光芒實在太細，而且她本來就不在誘餌部隊裡了。

「反轉！緊急上升！」

貝爾庫利只能發出這樣的叫聲。

四隻飛龍畫出螺旋來翻轉身子，筆直地朝峽谷上空前進。

長蟲群也也隨著恐怖的翅膀聲改變方向。

但是……

「──不行！」

貝爾庫利再次大叫。

追過來的蟲子數量還不到全體的一半。其他的全部朝著在地面奔跑的眾衛士以及補給部隊直衝而去。

「…………！」

猛吸了一口氣後，騎士愛麗絲就反轉騎龍緊急降下。以倒栽蔥的狀態朝著在下方爬行的暗黑術前頭突進。

金木樨之劍隨著尖銳的出鞘聲拔出。劍身立刻帶著亮黃色光輝。

「大小姐！那招沒用的！」

貝爾庫利拚命地想阻止心愛的弟子。

雖然金木樨之劍的武裝完全支配術就算在一對多的戰鬥裡也能發揮出壓倒性的威力，但屬性怎麼說也跟劍一樣是金屬。不可能斬斷沒有實體的詛咒。

愛麗絲當然也很清楚這件事。但是她實在無法眼睜睜看著衛士們遭到襲擊。

就在這個時候——

第五頭飛龍以流星般的速度由峽谷深處衝過來。

「瀧刳」。

那是上位騎士，艾爾多利耶．辛賽西斯．薩提汪的騎龍。

＊＊＊

艾爾多利耶握著龍的轡繩，腦袋裡只不斷重複著一句話。

保護。

保護師父愛麗絲。無論如何都得保護發誓奉獻自己手裡長劍與身軀的對象。

但同一時間，他也聽見以同樣音量嘲笑他這個決心的聲音。

你要怎麼保護她呢？你這傢伙的實力根本不足。所有能力都遠遠不及，卻還不斷冀求著師父視線與心意的蠢貨。

以整合騎士來說資歷尚淺的艾爾多利耶，一路支撐著他手中長劍的就只有盡心服侍愛麗絲的強烈心念。正因為這一點他才能成為上位騎士，因此內心產生動搖時反動也會特別強烈。

——自己沒有保護師父愛麗絲的力量，也沒有資格站在她身邊。

當這麼鑽牛角尖時，他就急遽開始喪失力量。雖然感到胸口一陣騷動後就跳上瀧刳，朝著誘餌部隊追去，但是連自己能夠做什麼都不知道。

甚至覺得如果能和師父一起在這個地方喪命的話也不錯。

抱持這種自暴自棄想法飛翔著的艾爾多利耶，忽然感覺聽見什麼聲音，於是把視線朝地面望去。

那是注意到襲來的暗之術式而產生混亂的衛士隊。他們後面還有同樣是隊伍凌亂的補給部隊馬車。

一道微弱的藍光貫穿一台馬車的車篷不停閃爍著。

腦袋裡就聽見不可思議的聲音。

——你的決心。

——想要保護她的心情。

——應該不需要代價吧？

——愛不是求取就能獲得的東西。它是要去給予，而且不論給得再多都不會枯竭的東西。

不是這樣嗎……？

啊……

我到底在迷惑些什麼。

因為力量不足。因為無法獨占她的心。所以無法保護她。

實在是太小心眼了……

愛麗絲大人她都想要解救整個人界了啊。

艾爾多利耶以右手用力甩了一下瀧刳的轡繩，然後大叫：

「上吧！」

像是感受到主人的意志一樣，龍用力拍打著翅膀，一口氣加快了速度。和下降的雨緣擦身而過的瞬間，艾爾多利耶就聽見愛麗絲似乎是想阻止他的聲音。但他沒有減緩速度，而是朝著殺到的長蟲群緊急上升。

他以左手從腰間拿下白銀長鞭。

神器「霜鱗鞭」，是以遙遠過去在東帝國的山間部被稱為神蛇的巨蛇作為源頭的武器。解放記憶後射程可以增加數倍，而且可以自由自在地變化軌道。

只不過這種力量對於詛咒系術式幾乎派不上用場。

但艾爾多利耶帶著堅定的確信強烈祈求著。

——蛇啊！

古代的神蛇啊！

如果你是蛇之王的話，就把那群區區長蟲啃噬殆盡吧！

「Release……recollection！」

聽見這高揚聲音的瞬間，霜鱗鞭就綻放出眩目的光芒。

鞭子在光芒當中分裂成無數條。最後變成百道光線朝著黑色的長蟲襲擊而去。

曾幾何時光芒變成了閃耀的蛇群。從艾爾多利耶左手放射出去的蛇群，打開下顎露出閃爍銳利光線的牙齒，咬上了死之長蟲。

傳出「滋噗！」的聲音後，身體被咬斷的長蟲就變回暗素飛散消失。

下一個瞬間，準備襲擊眾衛士的一群以及在上空追著飛龍的一群長蟲，都像認為光蛇是最

優先的敵人般改變了方向。

無數的長蟲立刻纏上了蛇群。詛咒爬上蛇的身體，殺到其源頭。

艾爾多利耶利用這種情況下敵人術式唯一可能干涉的屬性——「自動追蹤屬性」，讓術式的所有威力都集中在自己一個人身上。

——愛麗絲大人。

微笑著閉上眼睛的下一個瞬間。

騎士全身就被黑暗吞沒了。

整合騎士艾爾多利耶．辛賽西斯．薩提汪稍微超過五千的天命值——

瞬間變化成負五十萬。

艾爾多利耶的身體從胸口以下的地方，就像是爆炸一樣往四處飛散。

＊＊＊

「艾爾多利耶————！」

愛麗絲淒厲呼喊。

自己和這名唯一的弟子共同度過了一段短暫但是深刻的日子，而失去大半肉體的他現在正從飛龍背上滑落。

第三次讓雨緣反轉的愛麗絲，飛越逐漸消失的長蟲殘渣，伸出左手來抓住艾爾多利耶的右手。雖然因為拉他過來時那過於輕的重量而無法呼吸，但愛麗絲還是緊咬牙根，讓飛龍往上升。

像是在擔心主人一樣，瀧刳也緊追在雨緣身邊。在兩條並進的龍上面，愛麗絲再次大喊：

「艾爾多利耶！快點……快點睜開眼睛！我不許你在這裡就丟下我一個人離開！」

失去胸部以下肉體的艾爾多利耶，蒼白的眼瞼微微顫抖著。

稍微抬起的睫毛下方，帶著紫色的眼睛透出朦朧光芒來看著愛麗絲。

「……師父啊……您平安無事………」

「嗯……是啊，我平安無事，這都是託你的福！我不是說過了，我很需要你啊！」

視界忽然模糊了起來。艾爾多利耶的臉頰上不斷有水滴散開。愛麗絲沒有意識到那是自己的眼淚，只是緊緊抱住弟子的身體。

她的耳邊又響起幾乎快聽不見的聲音。

「愛麗絲大人……有更多、更多的人需要您。我……真的很小心眼吧……竟然想要……獨占您一個人……」

「不論你想要什麼我都答應！所以給我回來！你是我的弟子吧！」

「我已經得到很多了。」

愛麗絲感覺到手臂裡微弱的重量，隨著感到滿足般的呢喃急遽減輕並遠去。

「艾爾多利耶！艾爾多利耶——！」

最後的呢喃，溫柔地和愛麗絲的哭喊重疊在一起。

「不要哭……了……媽……媽……」

就這樣，艾爾多利耶・辛賽西斯・薩提汪，又名艾爾多利耶・威魯茲布魯克的靈魂永遠離開了地底世界。

就像要表示還能夠對話幾秒鐘已經是奇蹟一般，心愛弟子的身體化成光融解在夜晚的空氣當中，而愛麗絲則是淚眼注視著這一切。

最後艾爾多利耶就在連一片鎧甲都不剩的情況下消失了。只有握在他左手上的霜鱗鞭落在雨緣背上發出細微的聲音。並肩飛行的瀧刳可能是意識到主人的死亡了吧，可以聽見牠發出悲傷的嚎叫聲。

胸口吸滿飄盪的微弱薔薇香氣之後，愛麗絲便抬起頭來。

——這是戰爭。

所以不論敵人進行什麼樣的攻擊，而我方又因此而受到了什麼樣的損害，也不能因此而怨恨他們。事實上，短短幾十分鐘前，愛麗絲自己也以毫無慈悲心的巨大術式奪走了大量敵人的天命。

正因為如此。

就算把這份憤怒與哀傷轉變成更強大的力量，因此而帶來更大規模的殺戮也——

「……看來我也必須有所覺悟了！」

高聲拔出金木樨之劍後，愛麗絲便放聲大叫：

「雨緣！瀧刳！全速突擊！」

藉由拘束術式來使役的飛龍，本來除了被指定的主人之外，就絕不會接受其他人的戰鬥命令。

但是這兩頭兄妹龍一起發出猙獰的咆哮後，隨即拍打翅膀開始突進。峽谷外側那片連綿不絕的黑炭色大地——黑暗領域立刻就近在眼前。

即使被滿腹怒火所驅動，愛麗絲的藍眼睛依然迅速確認到敵人大本營的陣形。

距離峽谷出口大概五百梅爾前方的左側，穿著同樣金屬鎧甲的暗黑騎士團大約有五千人。右方強壯身體上纏著皮帶的拳鬥士團同樣有五千人左右。這些就是敵軍的主力了。

後方則散布著應該是預備兵力的半獸人、哥布林步兵與大規模的輜重部隊。敵人的總司令官——闇神貝庫達應該也在裡面。

而最前方有一群像是被暗黑騎士與拳鬥士部隊夾起來般密集在一起的黑衣集團。

就是那個了。他們就是剛才發動大規模詛咒術的眾暗黑術師。人數大約有兩千名左右。發現飛龍接近的人，目前正爭先恐後地想逃走。

「別想逃！」

低聲這麼叫完，愛麗絲就對兩頭飛龍下令。

「瞄準那些傢伙的後方……就是現在，發射！」

兄妹龍立刻捲曲脖子，大大張開下顎。充滿口腔的火焰讓白牙發出鮮紅光輝。

撕裂空氣發出「滋啪」一聲音平行往前疾奔的兩條熱線，直接刺中暗黑術師們的退路。

足以搖晃大地的爆炸聲。往上噴發的火焰。被捲進去的人影就像葉子般飛舞。

遭火焰擋住退路的術師們，這時完全失去秩序，全都聚集在一個地方。

愛麗絲高高舉起金木樨之劍。劍身綻放出比太陽還要眩目的亮黃色光芒。

「——Enhance armament！」

劍隨著清脆的金屬聲分離成幾百片小碎片。它們每一片都映照出愛麗絲的心念，帶著前所未見的鋒利度。

＊＊＊

怎麼可能。

這絕不可能！

暗黑術師總長蒂伊．艾．耶爾抬頭看著如箭矢般從峽谷往這邊突進的龍騎士，在腦袋裡這麼大叫。

犧牲了三千名半獸人的性命，由兩千名術師所詠唱的死詛蟲術，預感已經帶著超乎期待的威力朝敵軍襲去。整合騎士們就不用說了，優先度應該也足以將地上的士兵悉數殲滅才對。

但不知道是怎麼回事，原本應該吞噬所有敵人天命的術式，卻只集中在一名騎士身上，進行了極為無謂的過剩殺戮後就消失了。

死詛蟲會被擁有較高天命的生物吸引過去。也就是說想刻意誘導它們的話，就得瞬間製造出超越人類與飛龍，等級已經跟傳說魔獸差不多的擬似生物才有可能成功，但簡短的術式不可能創造出那種東西。這種結果太不符合理論了。完全沒有邏輯可言。

——我這個全世界睿智集合體的暗黑術師公會總長，蒂伊．艾．耶爾，怎麼可能還有什麼不知道的力量呢！

蒂伊咬緊牙根，發出了無聲的狂吼。

但是事實上敵軍只犧牲了一個人就再次開始突進，而且還朝著只剩下兩千人的暗黑術師展開了怒濤般的攻擊。

「撤退！所有人撤退！」

蒂伊發出尖銳的聲音。

但是接下來就有兩道熱線橫切過頭頂，直接刺中短短數十梅爾後方。

爆炸的火焰隨著轟然巨響膨脹，數十名部下被捲進去後發出了悲鳴。熱浪甚至波及到蒂伊所站的馬車二樓，讓她自傲的黑髮一點一點燒焦。

「咿……」

蒂伊發出悲鳴，連滾帶爬地從馬車上下來。坐在這種東西上，就好像在告訴敵人我就是目標一樣。

想混在部下裡逃走的蒂伊，視界被眩目的黃金光芒照耀著。

像被吸引過去般抬頭往上看後，就發現坐在前方一頭飛龍背上的整合騎士，手裡的劍分離成無數的光芒。

蒂伊鮮明地感覺到每一道光芒都帶有令人感到恐懼的優先度。一看就知道從飄盪在周圍的薄弱黑暗力當中，不論製造出什麼樣的素因都無法把它擋下來。

——可惡，該死的，我才不會死在這種地方呢！

——要成為世界之王的我！怎麼能死在這裡呢！

露出鬼神般表情揚起眼睛的蒂伊，把手指彎曲成鉤爪般舉起雙手，把它們插到跑在前方的兩名術師背上。

銳利的指甲噗滋一聲撕裂柔嫩的肌膚並穿透肌肉。她緊握的圓柱體，正是兩名術師的脊椎骨。

「哇呀……蒂……蒂伊大人……？」

「您做什麼……！請不要這樣……」

毫不理會發出悲鳴懇求的部下，最高位的暗黑術師露出了不祥的笑容詠唱起句。

接下來的式句簡直就跟詛咒沒有兩樣。

物體形狀變化。而且還是以活生生的人類天命作為源頭，直接改變其肉體的可怖祕術。

噗啾。

兩具年輕健康的肉體就一邊噴灑鮮血與肉片，一邊溶解成沒有一定形狀的組織。這些組織將蹲在地上的蒂伊蓋得密不透風，接著硬化形成帶有彈力的防禦膜。

下一刻，亮黃色的死亡風暴就覆蓋了整個地面。

＊＊＊

愛麗絲狠下心將傳到耳裡的無數悲鳴趕出去。

不再讓他們使用那種術式了。不論是術者還是式句都要從這個世界上抹消掉。

每當她揮動留在右手上的發光劍柄，銳利的眾花瓣就會跟隨她的動作掃過眼下的敵人。身上沒有金屬鎧甲的暗黑術師，根本無法抵抗身體就被貫穿然後倒下。

在確認應該有兩千人的術師隊已經有九成遭到殲滅之前，愛麗絲都一直維持著記憶解放狀態。雖然會耗損許多劍的天命，但是她絲毫不覺得可惜。

雖然有兩百名左右的術師看也不看同伴們堆疊起來的屍骸就逃走了，但愛麗絲也不再深追，直接把金木樨之劍恢復成原來的模樣。

視界的左邊深處，可以看見暗黑騎士團大本營後方有十頭左右的飛龍升起。

原本以為他們會直接靠近，但敵人的龍騎士在空中排成隊列後就停留在原地，完全沒有縮短彼此之間的距離。愛麗絲立刻了解他們沒有那麼做的理由。因為貝爾庫利等人從後面追上來了。

「大小姐，別太逞強啊！」

可能是擔心艾爾多利耶的死對她造成影響吧，騎士長一追上來就如此對她搭話，而愛麗絲則是好不容易才回答：

「嗯……我不要緊，叔叔。地面部隊的護衛工作就拜託你了。我要盡自己身為誘餌的責任了。」

「嗯……但是別太深入喔！」

貝爾庫利這麼大叫，然後把視線移到敵人的龍騎士身上。愛麗絲對身邊的瀧刳做出滯空的指示，然後要雨緣以緩慢速度上升並前進。

鮮明地感覺到暗黑騎士、拳鬥士、半獸人、哥布林——以及位置還不清楚，但擁有巨大存在感的某個人都把意識集中在自己身上。後方傳來終於走出峽谷的衛士隊與補給隊朝南方轉進，並全速脫離的低沉巨大聲響。

愛麗絲以足以掩蓋這些腳步聲的巨大音量大喊：

藉由心念增幅的聲音，立刻傳遍四面八方。

「——吾名為愛麗絲！整合騎士愛麗絲．辛賽西斯．薩提！是守護人界三神的代理者，亦即『光之巫女』！」

這是完全沒有得到證實，等於是虛張聲勢的宣言。

但是接下來敵軍全體就產生了巨大的騷動。想抓住愛麗絲的欲望，就像從地面長出來的觸手般往天空升起。看來敵人想要獲得光之巫女的程度等同甚至是大於想蹂躪人界的欲望。

那真的是自己嗎，或者自己只不過是一名僭越者呢？

愛麗絲其實覺得這一點都不重要。只要有一半的敵人來追自己就可以了。把敵人帶離這個地方，盡量多爭取一些時間，能夠藉此維繫艾爾多利耶、達基拉以及眾多喪命的衛士保護人界的願望，這樣就夠了。

「站在吾面前者，將要有盡悉遭神聖威光粉碎的覺悟！」

＊＊＊

「喔喔……」

暗之國的皇帝兼闇神貝庫達，同時是靈魂獵人的加百列・米勒，從皇座上站起來後就發出低沉的聲音。

「喔喔……」

消費了三千半獸人單位的攻擊看起來是失敗了，而且術師單位也有一大半遭到破壞，不過就連這些事情都無法讓加百列產生任何動搖。但只有現在這個瞬間，他能感覺到自己冰冷到極點的靈魂確實有了震動。

從他擠出笑容的單薄嘴唇裡，發出了沉靜的聲音：

「愛麗絲……──愛麗西亞……」

加百列的雙眼仔細捕捉著遙遠彼方的夜空下，站在飛龍背上，身穿黃金光亮鎧甲的年輕女騎士。

飄動的筆直金髮。透明般的雪白肌膚。宛如寒冬天空的清澈藍眼睛。

加百列意識當中，那個容貌完全跟他最初下手殺害的少女愛麗西亞·克林格曼長大後的美麗模樣重疊在一起。加百列確信當時無法捕獲的愛麗西亞靈魂，已經再次出現在這個假想世界裡頭了。

──這次一定要。

這次一定要親手抓住她。必須入手保存那個女孩搖光的LightCube，然後盡情加以享受。

加百列一邊以類似藍色火焰般的視線凝視著拉著飛龍韁繩往南方夜空飛去的騎士，一邊對傳令骷髏說出低沉、火熱的呢喃：

「全軍準備移動。以拳鬥士團為前鋒，照著暗黑騎士團、亞人隊、補給隊這樣的順序排列，朝南方移動。要在毫髮無傷的情況下抓住那個騎士，也就是光之巫女。我將給予捕捉到她的部隊指揮官人界全土的支配權。」

第十九章　光之巫女　人界曆三八〇年十一月七日　午後八點

1

暗之國開始移動的龐大軍隊，揚起的土塵開始把只有紅色星星閃爍的黑暗領域夜空染成灰色。

騎士長貝爾庫利窺看著由晶素生成的簡易望遠鏡，然後抬起頭來低聲沉吟著：

「竟然有這種事……看來那個什麼闇神貝庫達真的很在意大小姐啊。似乎打算所有軍隊都追過來喔。」

「這樣應該感到高興吧，至少比遭到完全無視要好太多了。」

一邊以溫熱的西拉魯水把緊張沖下肚子，愛麗絲一邊這麼呢喃著。

從峽谷出口在人跡未至的——當然這裡指的是人界人——黑暗領域荒野往正南方前進了五基洛爾左右，守備軍誘餌部隊就在該處的一座小丘陵進行最初的短暫休息。

衛士們的士氣相當高昂。

一名整合騎士挺身阻止了一時將所有人推落絕望深淵的敵人大規模術式，讓所有人再次下定「要報答他這份心意！」的決心。

但是愛麗絲到現在還是無法接受艾爾多利耶的死。

雖然一起在中央聖堂度過的時間絕對不算長，但他找到值得推薦的紅酒與點心就會拿來讓愛麗絲嚐嚐味道，也時常展現一些耍帥的玩笑，總之就是沒有一天乖乖地聽話。

愛麗絲經常會懷疑這個年輕人到底是來學劍術還是只想要喧鬧。但是到了這個時候她才終於了解，艾爾多利耶的存在給自己帶來多少輕鬆的心情，增加了多少的溝通能力。

……在那個時候，因為太過理所當然而沒有注意到他的存在，等到真的失去了才了解他的貴重性。

愛麗絲一面抬頭看著聳立在西北夜空中的一整片險峻山脈，一面悄悄地摸著掛在腰後的一束長鞭。到了現在才終於了解桐人絕不會放下尤吉歐長劍的心情。

騎士長像是在等待著一瞬間閉上眼睛的愛麗絲再次睜開眼睛般說道：

「關於今後的方針……基本上呢，是在誘餌部隊的四名整合騎士全部倒下前要盡量拖住敵軍，然後削減他們的數量，這樣可以吧？」

愛麗絲對著和自己並肩站在丘陵北端的騎士長深深點了點頭。

「我也是這麼認為。已經殲滅五萬侵略軍的半數，而且最棘手的暗黑術師隊也幾乎掃蕩殆盡。再來就只要讓身為敵人主力的暗黑騎士與拳鬥士受到一定程度的損耗……然後再打倒闇神貝庫達，剩下來的敵人就很可能會接受停戰協議了，叔叔覺得如何？」

「嗯……問題是，那個時候誰會成為敵軍的首腦吧。如果夏斯達那個小鬼頭還健在的話……」

「暗黑將軍果然已經……這可以確定了嗎，叔叔？」

「剛才一瞥之下他的確不在那裡。而且不只是夏斯達，連那傢伙曾經和大小姐戰鬥過的女弟子好像也不在了……」

貝爾庫利重重嘆了口氣。愛麗絲知道他暗地裡對暗黑將軍以及其弟子有很大的期待。

最古老的騎士靜靜搖了搖頭，低聲呢喃：

「只能祈禱繼承夏斯達地位的暗黑騎士也承接了他的志向了。雖然希望不大就是了……」

「希望不大嗎？」

「嗯。活在這個黑暗領域的人們，完全沒有像禁忌目錄那樣的成文法規。有的只是必須遵從強者這樣的不成文規定。然後……很遺憾的，闇神貝庫達的心念具有壓倒性的實力……乳臭未乾的騎士不可能抵抗祂……」

剛才在敵軍面前自報姓名時，愛麗絲確實鮮明地感受到一股恐怖又冰冷，而且深不見底的黑暗氣息從敵人大本營升起纏繞到自己身上。自從以整合騎士的身分醒過來，還是第一次嘗到那種感覺。如果用熾烈的電光來比喻最高司祭亞多米尼史特蕾達的心念，那麼剛才那就是漆黑的虛無了。

愛麗絲靜靜撫摸著光是想起來就稍微起雞皮疙瘩的上臂，點了點頭。

「說得也是……應該沒什麼人會想要違逆神明。」

結果騎士長就發出「呵」一聲短短的笑聲，然後大力拍打愛麗絲的背部。

「說起來，光是我們人界就出現了大小姐、桐人還有尤吉歐等三個人啊。希望這塊土地上也能出現一些有骨氣的傢伙。」

這個時候可以聽見奮力拍動翅膀的聲音，於是兩人抬起頭來。

降落下來的是騎士連利的飛龍——風縫。在龍爪碰到地面前，已經以輕快動作跳下來的少年騎士，往貝爾庫利這邊跑過來後就急促地說道：

「有事秉告，騎士長閣下！南下一基洛爾左右的前方，發現了一大片利於埋伏的灌木叢地帶。」

「很好，偵察辛苦你了。讓所有部隊準備再次開始移動……你的飛龍也差不多累了，要給牠充足的飼料和水啊。」

「是！」

目送迅速行了騎士禮就跑走的嬌小背影離開，愛麗絲才發現騎士長的嘴角浮現些許微笑。

「……叔叔？」

如此發問後，貝爾庫利一瞬間露出不好意思的神情來搔著下巴，然後聳了聳肩說：

「沒有啦……雖然奪走記憶，停止天命來創造整合騎士的『合成祕儀』是絕對無法容許的行為，但想到已經不會有像那樣的年輕人進入騎士團就覺得有點可惜。」

愛麗絲稍微想了一下，才邊露出同樣的微笑邊回答：

「叔叔，我不認為不改變記憶，凍結天命就沒辦法成為整合騎士喔。」

愛麗絲以右手再次靜靜撫摸霜鱗鞭。

「我相信就算我們全部被打倒，靈魂……意志也一定會被接下來的某個人繼承。」

＊＊＊

「太好了，終於輪到我們出場了嗎！」

用力以右拳擊打左掌後，拳鬥士公會的年輕首領伊斯卡恩就氣勢十足地大叫著。

身邊就感覺得到戰鬥的熱氣，卻只能坐著等待的時間竟然會如此漫長。

不論是燒光亞人部隊的恐怖光柱，還是眾暗黑術師產生的大量噁心長蟲，甚至是皇帝固執地想要獲得光之巫女的不可解命令都對伊斯卡恩的鬥志沒有任何影響。

自己的肉體，與肉體之外的其他事物。對伊斯卡恩來說世界就是分成這兩部分，而他的興趣就只有鍛鍊肉體提昇其性能而已，除此之外的事情都引不起他的注意。就算成為像剛才那種巨大術式的目標，他也有強大的自信能以拳頭與意志把它們全都反彈回去。

這名只在曬成紅銅色的強壯裸體上綁著皮帶，下半身只穿短褲與涼鞋的拳鬥士，看向自己所率領的五千名強壯男女，以及跟在他們後面的暗黑騎士團。才跑動不到五分鐘的時間，拳鬥士與那群騎士之間就已經拉開了將近一千梅爾的距離。

「那群騎士明明騎在馬上，動作怎麼還是一樣慢！」

剛這麼抱怨，隨侍在側的一名比伊斯卡恩高出一個頭以上的巨漢，那岩石般的嘴角就浮現出苦笑。

「那也沒辦法吧，冠軍。」

以表示當代最強拳鬥士的暗黑語來稱呼伊斯卡恩的巨漢，接著又冷靜地說道：

「他們和馬身上都裝備著與自己體重差不多的防具啊。」

「那些東西明明都沒什麼用啊！」

如此斷言的伊斯卡恩再次面向前方，然後把右手的五指捲成筒狀，並將其靠在右眼上。

瞳孔在呈火焰色的虹彩中央放大。

「哦，人界那些傢伙也開始移動嘍。不是……往這邊嗎？又想逃走了啊。」

伊斯卡恩輕輕咂舌。

光靠星光就能正確看見距離五千梅爾外敵人動向的伊斯卡恩，稍微想了一下才開口說：

「達巴，皇帝的命令就只有追上去抓住她而已吧？」

「似乎是這樣。」

「很好……」

伊斯卡恩以右手姆指擦了擦鼻梁，接著咧嘴笑著說：

「稍微去探探風聲吧——兔隊，到前面來！」

高聲說完後，立刻就有「喔喔」的剽悍吼叫聲回答他。

從部隊裡衝出來整隊的，是身材較瘦——但依然積蓄著充分鞭子般柔韌肌肉的一百名鬥士。他們的額頭上都綁著同樣的白色裝飾用繩子。

「稍微去和那些叫什麼整合騎士的打聲招呼吧！打起精神來啊！」

喔喔。

「武舞步第十七號，開始！」

伊斯卡恩大叫的同時也舉起右手，接著激烈地跺動雙腳。

心腹達巴與一百名兔隊成員也一絲不亂地重複著跟他一樣的動作。

滋、沙、滋沙。

嗚、啦、嗚啦。

持續著具節奏感的踏步與唱和當中，伊斯卡恩赤銅色的捲髮上就出現發光的汗珠，被太陽曬黑的肌膚也逐漸泛紅。而部下也都跟他一樣。

結束整整一分鐘的舞蹈後，一百零二名鬥士就在全身冒煙的情況下停止動作。

不對，不只是這樣。在黑暗當中，他們的肌膚都帶著極微弱的紅光。

拳鬥士。

那是數百年來持續探求肉體究竟為何的一族。

不論是劍士還是術師，最後都確立「藉由心念來干涉對象物」這樣的奧義。換言之，也就是以想像力來改寫外部的事象。

但拳鬥士卻剛好相反——他們是以心念來強化自己的肉體。超越本來的制約，讓肉體帶有勝於鋼鐵的防禦力，拳頭帶著能夠粉碎岩石的攻擊力。

另外還有光腳追過馬匹的腳力。

「嗚嗚嗚嗚，啦啊啊啊啊！」

伊斯卡恩隨著高聲喊叫往地面一踢後開始往前跑。達巴與一百名鬥士也跟在他後面。

空氣被他們撕裂，大地也產生震動。

＊＊＊

「———！」

為了追上開始朝適合埋伏的灌木地帶前進的衛士隊，往前走了幾步的愛麗絲就感覺到異樣的氣息而回過頭去。

有什麼東西過來了。

而且速度非常快。

凝眼一看之下，從遙遠地平線緩緩追過來的敵軍當中，有一團大約百人的隊伍衝出來，以恐怖的來勢縮短與己方的距離。那是超越騎馬隊全力奔跑的速度。雖然一瞬間有了「是龍騎士嗎」的想法，但數量實在太多而且還是在地面上移動。

「……那是拳鬥士。」

身邊的騎士長貝爾庫利以低沉的聲音說道。

「那就是……」

雖然聽過這個名字，但這還是第一次親眼目擊。在盡頭山脈出沒的主要是哥布林、半獸人等亞人，偶爾會有暗黑騎士，至今為止都沒有拳鬥士試圖入侵人界的例子。

但貝爾庫利不愧是最古老的騎士，他似乎有與拳鬥士戰鬥的經驗，只見他以有點緊張的聲音繼續表示：

「那些傢伙很棘手。只用拳頭的話還可以讓他們受傷，但是卻堅拒受到劍傷。」

「什麼……？堅拒……？」

雖然愛麗絲認為身體被鋼鐵劍刃撕裂這種事哪還有什麼拒絕不拒絕的，但貝爾庫利只是輕輕聳了聳肩並說：

「和他們戰鬥妳就知道了。看來由我和大小姐兩個人出面比較好。」

「…………」

愛麗絲吞下一大口口水。連貝爾庫利都說自己一個人不足以應付的話，應該是相當棘手的難敵吧。

但是騎士長的下一句話就把愛麗絲好不容易提升的集中力完全打散。

「啊～順帶一提……大小姐應該不喜歡脫衣服吧？」

「什麼？」

愛麗絲忍不住將雙手交叉在胸前，發出尖銳的聲音。

「叔……叔叔在說什麼啊！那是當然的了！」

「不是啦，我沒有那種意思……不對，是那種意思沒錯……我想說的是，對那些傢伙的拳頭來說，鎧甲和衣服根本沒有用，反而會造成阻礙……」

騎士長邊摩擦著下巴邊說了一串不得要領的話之後，才搖了搖頭說：「唉，算了。」

「總之，要以那種模樣應戰的話，最好先準備好武裝完全支配術喔。」

「好……好的。」

背部再次湧起緊張感。照這樣子看起來，接近的敵人大概有一百名左右。既然騎士長表示面對這樣的人數就需要用上金木樨之劍的全力攻擊，那麼對方果然是不容易對付的敵人。

但還是有一個問題存在。

發動「反射凝集光線」術以及掃蕩暗黑術師的時候，已經使用過兩次武裝完全支配術，金木樨之劍已經損耗了許多天命。如果只是通常的斬擊還不成問題，但實在不敢確定還能夠使用幾分鐘分離攻擊。

而騎士長的時穿劍情形應該也一樣。愛麗絲在近距離下看見了瞬間將數百隻米尼翁擊墜的驚人廣範圍攻擊。兩個人的愛劍至少在天亮之前，都處於應該收在劍鞘之內的狀態。

但是在數十秒的對話期間，敵人拳鬥士小隊已經接近到可以看見強壯肉體外形的距離。不能讓他們接近尚未完成伏擊準備的衛士隊。

愛麗絲對緊閉著嘴唇的騎士長點了點頭，準備從岩石地朝北邊滑降而下。

但是在那之前，一道沉靜的女性聲音從背後向兩人搭話。

「讓我去吧。」

嚇了一跳的愛麗絲回過頭，連旁邊的貝爾庫利也瞪大了眼睛。

不知道什麼時候已經站在那裡的，是加入誘餌部隊的四名上位整合騎士——貝爾庫利、愛麗絲、連利之外的最後一個人。

高挑纖細的身軀穿著不怎麼有亮光的樸質灰色鎧甲。同樣是深灰色的頭髮，就像是緊貼著額頭一樣確實地中分，然後在脖子後面綁起來。雖然長相給人清爽、乾淨的感覺，但沒有任何表情。年紀應該和愛麗絲差不多一樣是二十歲左右吧。

她的名字是謝達·辛賽西斯·推魯弗。

腰間的神器是「黑百合之劍」。

但是不太有人以劍名來稱呼她。當她偶爾成為騎士之間的話題時，都是以另外一個綽號來稱呼她。

也就是「無聲」。

愛麗絲驚訝的不是謝達開口表示要獨自前往與敵人拳鬥士團戰鬥。

這絕對沒有任何誇大，她還是第一次聽見無聲的謝達發出聲音。

＊＊＊

輕輕飛越山溝與小河流，小岩塊就直接踢碎，伊斯卡恩、達巴以及百名拳鬥士就這樣持續著猛烈的疾驅。

馬上就能跟甚至被稱為惡魔的整合騎士戰鬥了。這樣的期待，讓年輕鬥士的嘴角露出了帶有魄力的微笑。

老實說，在被要求參加這場戰爭之前，伊斯卡恩對於人界的整合騎士根本沒興趣。他甚至認為那不過是群躲在鎧甲與劍後面的傢伙而藐視他們。就算是同屬於暗之國人族的暗黑騎士裡，能夠讓他尊敬為鬥者的，也就只有死去的暗黑將軍夏斯達一個人而已。

但是，他在待機命令中一邊進行冥想一邊感覺到的眾整合騎士的鬥氣，讓他知道對方絕對不容小覷。伊斯卡恩開始認為至少他們不是一群只靠高級武器的傢伙。

粉碎不解風情的劍與鎧甲後，一定就會露出底下經過徹底鍛鍊的肉體。

伊斯卡恩如此期待，並因為預感能進行拳頭與拳頭的全力互擊而鬥志沸騰。

正因為這樣……

終於在數分鐘前敵人還待在那裡的山丘前發現一名敵方騎士時，拳鬥士首領才會因為對方的站姿而啞然張大嘴巴。

太瘦了。

外表看起來像是女性，所以肌肉比較少一些也是沒辦法的事，但就算是這樣也太瘦了。即使全身包裹在金屬鎧甲底下，身材還是比伊斯卡恩屬下的任何女拳鬥士都要瘦。裝甲底下的身體大概就只有和術師差不多的肌肉吧。就連掛在腰上的長劍，都跟烤肉用的金屬叉子一樣細。

以右手讓部下停了下來，自己也邊揚起土塵邊停下腳步的伊斯卡恩，眉毛尾端隨即像是火焰一樣往上衝並開口說道：

「妳這傢伙是誰啊？在這裡幹什麼？」

帶著灰色的直長髮輕輕晃動，女騎士開始歪著脖子。那像是不知道該怎麼回答——不對，應該說考慮是否有必要回答的動作。

宛如以銳利小刀一口氣雕刻出來般的清爽容貌上沒有任何表情，女騎士只是以沉靜的聲音表示：

「我是為了不讓你通過而待在此地。」

伊斯卡恩的口鼻「呼哈」一聲噴出大量空氣，不知道該笑還是該生氣的他好一陣子後才輕輕聳肩說：

「單憑妳？就連一個小鬼都擋不住吧。還是說……明明是騎士，卻想使用術式？」

這次騎士隔了一段足以令人心焦的時間才簡短地回答：

「我不擅長使用術式。」

敵人的態度讓凝聚起來的鬥氣不斷萎縮，開始感到焦躁的伊斯卡恩……

「唉，夠了。」

丟出這麼一句話後，就叫了一名部下的名字。

「優特，妳當她的對手吧。」

「我來了！」

隨著氣勢十足的回答從隊伍裡衝出來的，是一名身材比較嬌小的女拳鬥士。雖說是嬌小，重量應該也有眼前敵人騎士的一倍以上吧。躍動強壯的肌肉，踩著輕快步伐的她，臉上浮現跟敵人完全相反的粗暴笑容。

「喝啊！」

女鬥士由距離達五梅爾的地方擊打空氣，引起的拳風搖晃著女騎士的瀏海。

到了這個時候，騎士纖細的臉上還是看不出一絲類似鬥志的東西。相對的，則是露出像是有點困惑的表情並小聲呢喃：

「……一個人……？」

「那是我要說的話啦，妳這個瘦皮猴！」

優特揚起厚厚的嘴唇這麼大叫：

「先痛扁妳一頓，在殺掉妳之前，我會在妳的小嘴裡塞滿肉乾啦！別廢話了，快點拔劍吧！」

女騎士露出懶得再做任何回答的表情，直接握住左腰上的劍柄。

看見「鏘啷」一聲隨手拔出的劍身後——

「……那是什麼啊？」

退到後面雙手抱胸的伊斯卡恩忍不住這麼大叫。

那已經不能只用細來形容了。劍鞘本來就像烤肉叉一樣，而拔出來的劍身更是寬度只有一限，大概只有小孩子的小指那麼大而已。而且厚度似乎跟一張紙一樣薄，再加上顏色是沒有光澤的黑色，所以在星光底下看起來真的細得像不存在一樣。

優特的臉因為怒氣而變得通紅。

「……別開玩笑了……」

雙腳跳出簡短的武舞，或許應該說跺腳之後，女鬥士就一直線縮短雙方的距離。

就伊斯卡恩來看，這也是相當完美的衝刺。拳鬥士公會的兔隊其實名不符實，是不只有敏捷性同時也帶著銳利牙齒的精銳部隊。

優特揮出的拳頭「嗶啪」一聲撕裂了空氣。

女騎士不避開這招瞄準顏面的突刺，而是準備用極細的劍擋下來。

這時傳出的是宛如兩種金屬互相擊打般的尖銳聲響。實際上也爆出眩目的橙色火花。

下一刻──

如針一般的劍很容易就彎曲了。

伊斯卡恩的嘴唇露出淺笑。半吊子的劍絕對不可能砍傷拳鬥士的肌膚。

生為拳鬥士一族的小孩子，到了五歲就會被丟進公會的修練所。一開始在那裡進行的訓練，就是用拳頭敲斷鑄鐵製小刀。

隨著肉體成長後，鑄鐵將變成鍛鐵，短劍也會隨之變成長劍。而且不只是敲斷，也會用劍直接朝肉身揮落。利用這樣的課程讓年輕人抱持刀劍根本不足為懼的自信。吾之五體是刀刃不可侵，這樣的確信──也就是心念，將實際把身體變成鋼鐵。

身為公會會長的伊斯卡恩，現在能用眼球擋下直徑兩限的鐵針。

只是一般鬥士的優特雖然沒有鍛鍊出這樣的心念，但是身為兔隊的十人組長，她的拳頭也不會輸給任何一把劍才對。

尤其是那種又薄又細的劍就更不用說了。

所有拳鬥士都描繪出整個彎曲的黑針隨著丟臉的悲鳴被折斷並且打飛，然後鐵拳陷入女騎士臉頰的模樣。

咻嗚。

傳出來的是皮鞭拍打空氣般的奇妙聲音。

優特以突刺筆直揮盡的姿勢靜止在那裡。她的拳頭以些微差距擦過女騎士的右頰，而騎士也將右手伸向前方。

從伊斯卡恩的位置看不見黑色劍身究竟怎麼樣了。

——搞什麼，那麼大的目標怎麼能失手呢？

首領在內心這麼咒罵。優特就算贏得這場比試，也要讓她由鬥技場的三等休息室重新開始。就算拳頭再怎麼硬，揍不到敵人也是徒勞無功……

優特握住的拳頭，從中指與無名指之間無聲裂成兩半。

「什……………」

嚇了一大跳的伊斯卡恩眼前，裂開的部分由下臂到手肘再持續到上臂，最後穿越肩膀。

從骨頭、肌肉乃至於纖細的血管都完全沒有被破壞，直接露出完整的橫切面，接著優特右臂的外側部分就重重落到地上。之後才迸發出大量宛如霧一般的細緻鮮血。

「——啊啊啊啊啊啊！」

發出尖銳的悲鳴後，優特抱住右臂在地面上打滾。

把右手移回去的女騎士由嘴角輕呼出一口氣。

生活在中央聖堂裡頭時，「無聲」的謝達之所以都沒有開口，並不是因為內向，也不是因為討厭其他人。

她只是為了不引起其他整合騎士的關心——盡量不讓人找她訓練或者比試而靜靜地隱藏自己的氣息。

如果發展成和某人交手的狀況，就算對方是騎士長貝爾庫利，也有可能會不小心把他的頭砍下來。正因為有這樣的恐懼，謝達才會在超過百年的中央聖堂生活裡都貫徹無聲的立場。大概只有和負責照顧自己生活起居的熟人以及操縱升降梯的少女說過話。

謝達是在四帝國統一大會裡獲得優勝，才被施加合成祕儀的道地劍士。

但是那一年的大會結果卻被從所有紀錄裡抹消掉了。這是因為在標榜點到為止的大會裡，出現了所有與謝達對戰者全都被砍死這樣血腥的結果。

上位騎士謝達．辛賽西斯．推魯弗在某方面來說，是和拳鬥士公會會長伊斯卡恩擁有極類似精神性的人。

如果說伊斯卡恩是只想著揍人，那麼謝達就是只對砍人有興趣。只不過，要說到她是不是由衷享受這件事，那麼她倒是完全沒有這種感覺。

就是會忍不住砍下去。不論是人還是物體，只要和某種東西對峙，謝達眼睛裡就會清楚地看見應該要斬斷的切斷面。到了那個時候，她就一定得實現那個預感才行了。如果對方是不會動的練習用人偶，她甚至能用手刀將其平滑地切開。

謝達認為這種想切斷東西的性格是不祥物，所以一直把它壓抑下來。

最先是由最高司祭亞多米尼史特蕾達看出她深藏在內心的這股衝動。

亞多米尼史特蕾達遠從兩百多年前，就想要窮究目前已是術師常識的空間神聖力理論。

這樣的最高司祭感到非常有興趣的是，結束黑暗領域「鐵血時代」的最大且最後的會戰。在人界與帝宮黑曜岩城之間的寬廣荒野上，暗之國的五族互相殘殺的激戰當中，應該放射出等同於無限放出的空間力，而亞多米尼史特蕾達則對白白浪費那些力量感到相當可惜。

只不過行事小心的她不可能親自前往黑暗領域。而被召喚去代替她跑腿的就是騎士謝達了。最高司祭對那個時候已經有「無聲」綽號的謝達這麼呢喃。

——單身前往該地，在會戰現場找出什麼東西來。可以的話，最好是沒有被捲進爭戰而殘活下來的魔獸之類的。不行的話就找出大型動物。最少也要是鳥類或者蟲類。總之要是吸了滿滿空間力的某樣東西。

——如果能找來給我的話，我就幫妳製造神器。

——是能夠斬斷任何物體的，最高優先度的劍喲……

謝達無法抵抗這個誘惑。雖然她原本就不可能抗拒最高司祭的命令，但她甚至沒有騎乘飛龍就越過盡頭山脈，深入那個黑炭色的大地幾千基洛爾的距離，終於來到飄盪著血腥味的會戰遺跡地。

五族拚盡全力互相殘殺的那個地方沒有任何會動的東西。不要說魔獸了，甚至連一隻老鼠或者烏鴉都沒活下來。

但是謝達還是不放棄。可以斬斷任何東西的劍，這句話緊緊抓住她的心，而且完全不打算放手。

經過了三天三夜的探索——

終於找到的是在風中柔弱搖晃著的唯一一朵黑百合。

那朵小花是在唯一在廣大戰場裡存活下來，擁有吸收空間神聖力特性的物體。

最高司祭亞多米尼史特蕾達從謝達帶回來的花裡生成了劍身極細的劍，取名為「黑百合之劍」後下賜給謝達。

一年後，謝達在由對方提出申請的比試裡殺了整合騎士，然後在自願的情況下進入了長眠狀態。

謝達自己也不知道，斬斷女拳鬥士的拳頭時，從嘴裡發出來的是悲傷的嘆息，還是陶醉的吐氣。

真要說的話，其實也不太清楚十幾分鐘前，打破無聲的誓言向騎士長自願防衛這個地方的理由。甚至可以說連半年前在中央聖堂時，也不知道自己究竟為什麼會舉手答應參加守備軍的募集。

是像其他騎士那樣想保護人界嗎？

還是只想要砍人？

又或者是──希望有人能殺了自己呢？

不過，現在這些都不重要了。事到如今，手裡的劍已經停不下來。只能祈求盡量減少因此消失的生命。

謝達緩緩抬起頭來，看向似乎全都凍僵的眾拳鬥士。

沒有一絲猶豫與恐懼，手握漆黑極細劍的灰色騎士，就這樣正面衝殺進足足有一百名的敵人集團內。

＊＊＊

「……戰鬥的模樣真是驚人。」

聽見愛麗絲沙啞的聲音，騎士長貝爾庫利便以低沉的聲音回應：

「嗯……我只說給妳聽，半年前要把那個女孩從凍結睡眠中喚醒時，我還真有點害怕呢。」

「我完全不知道，謝達閣下竟然身負如此的絕技……」

眼前下方的低地裡，整合騎士謝達正展開對上大約百名拳鬥士的戰鬥。正確來說，這應該是單方面的砍殺吧。劍身連形狀都不固定的細劍，每當響起「咻」一聲，周圍敵人的手臂或是腳就會很簡單地被砍斷，然後掉落到地面。

即使感嘆對方的技術，愛麗絲還是對謝達纖細的背部所散發出來的某種感覺有些在意。謝達的殺意完全傳不到這裡，甚至感覺不到一絲的敵意。

這樣的話，她為何能夠進行那麼激烈的戰鬥呢？

「別想了。就連持續看了一百幾十年的我，都無法理解那個女孩子的任何事情。」

呢喃般這麼說完後，騎士長便轉過身子。

「這裡交給她就可以了吧。敵人的本隊終究會追上來，我們也得到那邊去做好迎擊的準備。」

「……好的。」

愛麗絲點了點頭，把視線從眼前下方的戰場上移開，由後面追了上去。

＊＊＊

距離走下丘陵的貝爾庫利與愛麗絲大約一基洛爾南方。

只有漆黑砂礫的荒地終於中斷，誘餌部隊的本隊就躲在一片有著奇妙形狀的茂盛灌木叢後面。

他們是由千名衛士、兩百名修道士以及五十名補給隊所構成。必須靠這些人來迎擊敵人的五千名拳鬥士。

整合騎士連利讓分為二十支小隊的衛士與修道士躲在樹木的遮蔽處待機。貫穿樹林的唯一一條細長道路上，刻劃著補給隊馬車的新車輪印。作戰是盡量讓追著這些印記的敵人深入埋伏後，才從左右展開夾擊。

連利也已經從騎士長那裡聽說，劍的攻擊對拳鬥士效果薄弱。同時也聽說了他們的弱點。拳鬥士不擅長防禦神聖術。

北側那片連青苔都沒有的荒地確實不存在能行使高位術式的空間神聖力，但是這片灌木地帶的話空氣就較濃了。隱藏在樹叢後的修道士隊，將一起發動神聖術攻擊被引誘進來的敵軍，然後在衛士隊的保護下往南邊撤退。再從空中以飛龍的熱線掃蕩產生混亂的敵人。

為了提醒自己要迅速地撤退，連利把補給隊的八台馬車配置在灌木地帶的最南端。他判斷距離前線越遠就越是安全。

他認為趁著夜色進攻的敵人，幾乎不太可能會直接襲擊補給部隊。

但是就在連利專心於伏擊準備工作的這個瞬間，為了慎重起見而派去保護馬車的五名衛士，就在連聲音都發不出的情況下一個個被偷偷幹掉了。

一道黑影即使全身穿著沒有光澤的漆黑金屬鎧甲，頭戴長了惡魔之角般的頭盔，還是能夠完全不發出聲音來移動。

前進的方向可以看見一名人界守備軍的年輕衛士，現在正忙碌地左右移動著視線。但是卻完全不看向背後。因為那裡應該還有其他衛士負責警戒。

黑影像滑行般從衛士的死角接近。腰上雖然掛著雄偉的長劍，但是黑影沒有拔劍，只是輕輕舉起右手握住的小型短劍。

然後像黑蛇般伸出左臂，塞住了衛士的口鼻。

右手同時一閃，一直線劃過露出的喉嚨。

在完全的寂靜中天命歸零，衛士整個人失去力量癱了下去，黑影立刻把屍體推到附近的樹叢底下。

從蓋住臉的黑布底下，傳出極為隱密的聲音。

「Five down。」

接著喉嚨發出笑聲。

那不是什麼古代神聖語。

黑影的真面目是目前存在於Underworld的三名現實世界人其中之一，也就是化身成皇帝貝庫達的加百列．米勒所帶來的副官瓦沙克．卡薩魯斯。

大約一個小時前。在黑暗領域軍最後方的大型龍車裡，不知道直接灌了第幾瓶紅酒的瓦沙克，看見暗黑術師的大規模術式輕易失敗的他，終於忍不住對加百列說出類似勸戒的發言。

「嘿，兄弟。我看不能再繼續把事情都交給他們，該由我們自己來試試看比較好了吧？」

結果加百列瞄了瓦沙克一眼，然後揚起金色眉毛回答：

「這樣的話，就先由你開始行動吧。」

接下來的指示不是入侵人界軍所防守的峽谷，而是移動到離戰場相當遠的南邊一處什麼都沒有的地點。

加百列在看見敵軍以宛如科幻電影般的雷射攻擊殲滅亞人部隊時，就預測到有一部分敵人會進入黑暗領域了。

但是對於為什麼能確定不是北邊而是南邊感到有所懷疑的瓦沙克，聽見加百列「那邊比較寬廣」的答案後，內心還是忍不住冒出「喂喂，不會吧」的想法。但實際上敵人真的來到此地，所以也只能舉手投降並稍微做點事了。

就算人界的單位性能再怎麼高，失去所有補給物資的話也只能停下腳步了吧。瓦沙克為了繼續潛行到這個世界之後首次排遣無聊的行動（殺戮時間），開始凝視著黑暗的林子深處。

他立刻就發現以枝葉進行掩飾的幾台馬車。

在黑布底下輕舔了一下嘴唇，暗殺者隨即再次開始移動。

這時一台馬車有了動靜。瓦沙克瞬間停下腳步，身體緊貼在樹幹上。

從車篷裡露出臉的是一名有著暗黑界人身上看不見的白皙肌膚以及深茶色頭髮，看起來仍很年輕的女性。可能是感覺到什麼了吧，她正以緊張的表情環視著周圍。

瓦沙克一動也不動地待在原地，最後少女以慎重的動作走下馬車，對著馬車內部低聲說了些什麼，才開始緩緩地移動。

宛如高中制服般的灰色服裝上僅穿戴了一些防具的少女，筆直地往瓦沙克藏身的地點前進。

暗殺者強忍住想吹口哨的心情，重新握好右手上被血濡濕的短刀。

* * *

「——不要太……」

近距離下看見自己培育的鬥士們不斷倒下的光景，伊斯卡恩在回過神來的同時就爆出了怒吼。

「得意忘形了啊啊啊啊啊！」

以足以讓地面產生裂縫的去勢往下一踩，猛然開始突進。

緊握住的右拳上，纏繞著將熾烈的激憤實體化一般的火焰。

他的拳頭朝灰色整合騎士的脖子底端筆直擊出。散落的火花在空中畫出眩目的軌跡。

剛好揮盡右手上長劍的整合騎士，準備以覆蓋在金屬護手下的左手來抵擋伊斯卡恩的拳頭。

——在我的拳頭面前……鎧甲不過跟紙工藝品一樣！

充滿堅定心念的一擊，與女騎士的手掌衝突，立刻有大量火花呈放射狀散開。

下一刻，護手隨著近似爆炸的炸裂聲粉碎，騎士從手腕到肩膀的裝甲也變成碎片彈飛。

騎士外露的左臂，光滑的肌膚上出現無數條傷痕，鮮血如霧一般往外噴。但令人驚訝的是，竟然沒有傳來骨頭碎裂的感覺。

就算是這樣應該也會感到劇烈的疼痛才對，但女騎士只是輕皺眉頭，隨即用左手抓住伊斯卡恩的右手腕並閃動右手上的極細劍。

「鏗——！」一聲尖銳的聲音響起，拳鬥士手肘附近再次爆出火花。

拳鬥士的力量來源是對於所有刀刃都無法侵害自己的自信。為了得到這樣的自信，他們只在身上纏著些許皮帶，然後讓肌膚整個外露。一旦倚靠防具，拳鬥士的心念就會變弱。

因此伊斯卡恩也準備光靠意志力就把想切斷自己右臂的黑色劍刃反彈回去。

但是……

陷入肌膚當中的刺骨冰冷感，與至今為止以肉體承受過的任何刀刃都不一樣。

這柄極細、極薄的劍也不只是鋼鐵而是意志的顯現。為的不是勝利，而是斬斷一切事物的強烈欲望。

直接產生這種感覺的伊斯卡恩，反射性地揮出左拳。

空氣「轟」一聲產生晃動，拳擊穿透幾秒鐘前騎士還待在那裡的空間。

雖然是相當驚人的移動速度，但伊斯卡恩也不是完全揮空，攻擊稍微擦過了對方灰色的護胸。整個人往後飛退的騎士，護胸就這麼出現裂痕，然後跟護手一樣粉碎。

但是伊斯卡恩也不是毫髮無傷。

與劍刃接觸不到一秒鐘的右肘內側，出現了極細微的割傷。傷口中央正滲出小小的血珠。

僅僅只有一滴——但也是相當重要的一滴。

年輕拳鬥士以舌頭舔起血珠，然後露出猙獰的笑容。

「……女人，妳這傢伙外表和內在有很大的差異嘛。」

聽見這句話的女騎士，說出了出乎意料之外的回答：

「……我的年紀明明比較大……」

「啥？我想也是啦。整合騎士都是活了幾十年也不會變老的怪物吧？難道要我叫妳老婆婆比較好嗎？」

「…………」

女騎士冷淡眼睛的眼角震動了一下。但馬上回復成毫無表情的模樣。

「……原諒你。因為你很硬，幾乎找不到可以砍斷的地方。」

「嘖……說什麼鬼話。」

面對騎士超乎想像的態度，伊斯卡恩感覺自己的戰意稍微減弱而咂了一下舌頭。但一看見倒在周圍的拳鬥士，怒火就再次被點燃。

被極細劍刃切斷手腳，現在躺在地上低聲呻吟的男女至少超過二十名吧。令人難以饒恕的不是女騎士傷害了自己的同伴，而是她應該為了不傷及這些人的性命而手下留情了。受傷者裡沒有一個人的頭被砍飛。以騎士的技術和劍的銳利度，只要想這麼做就一定辦得到才對。

「……竟然把我們當成訓練用的木偶人。饒不了妳……無論如何都要教訓妳一頓！」

沙、沙、沙！

還能戰鬥的鬥士立刻跟上快速的武舞步。舞步和高揚的戰鬥吼叫聲重疊在一起。

嗚、啦、嗚啦啦。嗚、啦、嗚啦啦。

每當踩著大地、震動空氣，眾拳鬥士的心念都會逐漸昇高。赤銅色肌膚上的汗水飛散出去，然後變成火花發出光芒。

整合騎士沒有行動。簡直就像在等待伊斯卡恩將精神提昇到界限一樣。

——好樣的。

停止舞步的拳鬥王，金紅色的捲髮纏著火焰而豎起，左右的手臂上噴出漩渦般的光芒。

對峙的女騎士一直都相當安靜。握在她右手上的漆黑極細劍，不停地放射出冰霜一般的冷空氣。

「要……上嘍，女人啊啊啊啊啊啊啊！」

伊斯卡恩一面焚燒空氣，一面一直線縮短距離。

女騎士隨意揮動右手的劍。

咻。

黑色細線在碰到伊斯卡恩的左肩之前——

雖然劍的攻擊範圍應該比較長，但拳鬥士的一擊已經快一步到達騎士的左腳。原來不是拳頭而是踢擊。從地面低處彈上來的右腳腳尖，直接擊中灰色的護脛。

騎士以驚人的反應速度停下了劍，由於沉下腰部所以不至於跌倒，但保護左腳的裝甲一瞬間就碎裂了。覆蓋腰部周圍的裙子也整個被撕裂，露出她經過鍛鍊但相當纖細的腿。

「別以為拳鬥士的技巧就只有拳擊啊！」

咧嘴笑了笑後，伊斯卡恩就以左腳使出上段踢。

女騎士反手準備以劍擋下踢擊。

腳脛與劍刃劇烈衝突的瞬間，就隨著巨大聲響迸出大量火花。拳鬥士的首領一邊感覺經過嚴格鍛鍊的腳脛傳來銳利的疼痛感一邊收腳，然後立刻擊出右拳。

帶著紅蓮火焰的一擊，漂亮地擊中騎士的胸甲。

產生「喀喀——！」的盛大爆炸後，兩個人都被彈得老遠。伊斯卡恩在空中一個後空翻，然後降落到地面。

一瞬間，他的左腳再次感到一陣疼痛，於是視線迅速移了過去。

連鋼筋都能踢斷的腳脛，被劃了一道鮮明的直線劍傷。傷口立刻溢出鮮紅的血滴落到黑色地面。

用鼻子哼了一聲來表示不過是輕傷後，隨即確認敵人的模樣。

女騎士這次雖然也像是撐住了，但是把左手放在胸口輕輕咳嗽了起來。原本受到損傷的胸甲被拳頭直擊後完全碎裂，上半身只剩下右手的護手以及胸口周圍的灰布。下半身也只剩下裂開的裙子與右腳上的裝甲還健在。

看著人界人特有的雪白肌膚在夜色中也能發出光亮的模樣，再次用鼻子哼了一聲後，伊斯卡恩自大地說：

「外表變得像是個鬥士了嘛。不過肌肉的量完全不夠。多吃點然後好好鍛鍊吧，女人。」

雖然周圍的拳鬥士全都開始起鬨，但騎士表情變都沒變就撕下左肩垂下來的布條並丟棄，接著咻一聲揮動右手的劍。

「……你剛剛倒是稍微變軟了。」

「……妳說什麼？臭傢伙。」

伊斯卡恩皺起鼻子、露出虎牙。

雖然露出了威嚇的表情，但伊斯卡恩感覺到自己的呼吸確實變得有些急促。

只不過是看見手腳的肌膚，鬥氣不可能會因此而變弱。何況一族的女性每天都露出那麼多的肌膚，看見那種東西還會產生動搖的，就只有剛進入修練所的小鬼而已。

世界上存在的，就只有用握緊的拳頭教訓的對手而已。

就算對方是纖細到像被風一吹就會折斷，而且有著眩目雪白肌膚的異國女子也是一樣。

「現在我絕對不會善罷甘休了……就讓妳看看本大爺盡全力的模樣吧。」

發出狼一般的低吼後，伊斯卡恩就用食指指著女騎士並大喊：

「所以妳也全力攻過來吧！別一直擺出想睡覺的表情！」

結果騎士再次出現感到困擾般的模樣，以左手碰了一陣子臉頰和眉間後，才稍微改變眉毛揚起的角度說著：

「請……放馬過來吧。」

「…………沒錯，放馬過來吧。」

就是被對方特有的空檔時間影響，才會有這些無謂的想法。

伊斯卡恩吸進滿滿的空氣，丹田蓄勁沉下腰部。

他擺出將左拳放在腰部，右拳對準對方的姿勢，並發出聲音來吐出空氣。每當他重複急促的呼吸，大大張開的雙腳就會吸取大地的力量發出紅光，這些熱量在身體繞了一圈後全聚集到拳頭上。

熾烈燃燒的紅色火焰最後發出黃色光芒，然後變成白中帶藍的顏色。

現在伊斯卡恩的右拳帶著甚至能焚燒大氣的超高熱度，並放射出「鏗、鏗」的尖銳聲響。

相對的女騎士則是側身把併攏五指的左手筆直伸到前方，然後右手的極細劍則是筆直地伸向後方。成為一直線的雙臂，放射出就像是彎曲到極限的投石器一般的力量感。

自己的身體好像已經被從頭到下腹部砍成兩半的緊張感，讓伊斯卡恩咧嘴笑了起來。

——還是第一次遇見能夠讓我如此熱血沸騰的傢伙。

雙方同時有了動作。

騎士的劍畫出漆黑的半月。

鬥士的拳頭創造出藍白色流星。雙方劇烈衝突的瞬間，產生了超高密度的衝擊波，一邊粉碎著地面一邊往周圍擴散。圍住他們的拳鬥士全都被往正後方推倒。

劍與拳頭在細如針頭的一點互相接觸後開始劇烈對抗。被壓縮的力量超越界限後變成光柱到處肆虐並噴上夜空。

以謝達的技術來說，這是不用像這樣老實地比拚力量也能打倒敵人的局面。

年輕拳鬥士的心念大概是等同於上位騎士的強度，這一點雖然讓人有點驚訝，但是他把所有的心念都集中在右拳上才衝過來，所以其他部位在謝達眼裡看起來都相當柔軟。只要迴避一直線的拳擊，似乎就能一口氣把對方的頭給砍下來。

但是謝達沒有這麼做，反而迎擊了敵人帶著藍白色光輝的拳頭。這不是刻意的行為。而是身體與劍如此渴求。

謝達對自身的選擇感到意外。早在一百年前，謝達就自覺自己是與什麼騎士的尊嚴、高潔等精神性無緣的存在。想砍所以就砍了。這就是她唯一的願望。

這種衝動應該與想殺就殺了具備同樣的意義。只有負責盡頭山脈的警戒任務時，謝達才能解放自己。不知道有多少暗黑騎士與哥布林被她無情地砍頭而失去性命。

一直把認為是不祥物的癖好壓抑下來，以「無聲」的稱號一路活到現在的自己，為什麼只有在這場戰鬥裡沒有選擇殺掉對方呢？謝達對這件事感到非常不可思議。

但是，她已經不想再去思考了。

現在這個瞬間所存在的，就只有自己、黑百合之劍與眼前的拳頭而已。

——竟然這麼硬。砍得斷嗎？

——真讓人開心。

伊斯卡恩看見敵人騎士嬌小且顏色淡薄的嘴唇露出些許微笑。

他已經理解——那不是在嘲弄自己或者這場戰鬥。

因為自己的嘴唇上也刻劃著完全同性質的笑容。

——什麼嘛，外表明明看起來這麼柔弱，明明就是高雅的人界人，結果妳這傢伙跟我是同類嗎？

「嗶嘰」一聲，細微的衝擊從拳頭內側響起。

伊斯卡恩察覺那不是敵人的黑色劍刃碎裂的聲音，而是自己拳頭的骨頭產生了裂縫。

——不行嗎？就算這樣還是比不過對方嗎？

——不過，算了，這也沒辦法啦。

拳頭被砍斷的話，黑色細刃就會直接把身體砍成兩半吧。即使有這樣的直覺，伊斯卡恩還是一點都不覺得害怕。恐怕再也沒有機會遭遇如此強大的敵人了。這樣的話，也算是不錯的死法啦。

當他想到這裡，準備閉上眼睛的瞬間——

施加在拳頭上的壓力就稍微減輕。

集中到極限的壓力一口氣得到解放，伊斯卡恩與騎士就像樹葉般被吹飛了出去。他立刻就發現敵人心念產生紊亂的理由。那是因為有一條巨大的人影想要闖入兩人之間。

跌坐在地的伊斯卡恩直接對同樣倒在地上的大漢吼著：

「達巴！你這傢伙……瞧你幹了什麼好事！」

「時間到了，冠軍。」

撐起身體的副官，稍微撐大平時像兩條線一樣細的眼睛並這麼說道。他抬起強壯的右臂，指著北方。

伊斯卡恩往該處一看，就發現不知道什麼時候拳鬥士團的本隊以及後面的暗黑騎士團都接近到可以目視的距離了。集團戰馬上就要開始的情況下，首領確實不適合再沉迷於私鬥當中。

只不過——

猛烈咂著舌頭把視線移回來後，在捲起的土塵後方，幾乎失去所有防具與衣服的敵方騎士像是毫不在意這件事一樣，正準備把細劍收回劍鞘裡。

「女人！別以為妳這樣就贏了！」

忘記稍早之前才有了死於敵人劍下的覺悟，年輕鬥士這麼叫著。

騎士晃動灰色頭髮，瞄了伊斯卡恩一眼後，像是想著該說些什麼般微微歪著頭說：

「那個，希望……別再叫我女人了。」

「喂喂……我說啊，在這種情況下妳這傢伙究竟打算怎麼逃走……」

這個時候，強烈的疾風由南方吹過來，讓想要包圍騎士的數十名鬥士全都把臉別開。

伊斯卡恩忍不住眨眼的視界裡，看見高高舉起左手的騎士，以及急速降下的巨大怪物。灰色鱗片在星光下閃閃發光的動物是飛龍。

騎士抓住飛龍的腳後，牠就輕輕飛上天空。

咬緊牙根咒罵了一句「臭傢伙」的拳鬥王，隨即忘我地大叫：

「妳這傢伙……逃走之前先報上名來！」

一道細微的聲音混雜在龍翼劇烈拍打的聲音中降下來。

「……我不是逃走。我叫……謝達・辛賽西斯・推魯弗。」

被達巴拉起來的伊斯卡恩，一邊站直身子一邊看著立刻混在夜色當中遠去的飛龍影子，然後再次咂了一下舌頭。

如果可以的話，希望經過一整年的修練才再次和那名強敵對戰。因為他知道自己還有能夠加強鍛鍊的地方。

但是，伊斯卡恩也不是小孩子了，他了解戰場上沒有人會理會這種任性的願望。

和拳鬥士的本隊會合後，就得和眾暗黑騎士合作，一起蹂躪敵人的本隊了。還不能確定是不是有機會能再和那個女人交手。

只要親手抓住那個叫什麼「光之巫女」的——

伊斯卡恩對於一瞬間有那種想法的自己第三次咂了舌頭。

——我怎麼會有這種愚蠢的想法？向皇帝請求饒了那個女人的性命作為獎賞？會被部族的所有人覺得我是不是瘋了吧。

伊斯卡恩轉過身，為了治療左腳的傷勢對拿著藥壺的部下做出指示。

2

沒錯。

就這樣筆直地走過來這邊。

瓦沙克像轉動舌頭上的糖果一般，一邊享受著由潛伏發動奇襲(ambush)的醍醐味一邊在內心這麼想著。

隱蔽(hiding)可以說相當完美。完全不理會金屬鎧造成的負面補正，整個人融入灌木製造出來的陰影當中。

黑髮少女雖然小心翼翼地警戒著周圍，但是視線已經通過瓦沙克潛伏的樹叢。還有七公尺……五公尺……

——太棒了。這種感覺真的很棒。好久沒有這樣了。

接近到只距離三公尺的少女，忽然間轉向右邊，開始朝瓦沙克隱藏屍體的地方前進。

雖然還想讓她再靠近一點，算了，也沒什麼差別。

瓦沙克再次無聲地從暗處滑出，邊伸出左手邊逼近少女背後。他塞住少女的嘴巴，以銳利的短劍一口氣撕裂少女因為驚愕而縮緊的喉嚨——

這樣的預感實在太過真實，讓瓦沙克無法立刻應對在眼前閃閃發光的劍刃。

「……嗚喔！」

急忙往後飛退的同時，劍尖已經擦過他下顎露出來的肌膚。

應該完全沒有注意到這邊的少女，竟然背對著這邊直接拔出左腰的劍，並且以順暢的動作砍過來。這實在是非常漂亮的一記攻擊。再稍微往前踏一點的話，喉嚨就已經被撕裂了。

少女轉過身子，以雙手重新握好劍，發現她的藍色眼睛裡雖然有恐懼與敵意，但是沒有驚訝的感情後，瓦沙克也不得不承認自己的隱蔽老早就被識破了。

他一邊用右手旋轉著短劍一邊開口說：

「Hey，Baby……」

這時他才想起這個世界無法使用英文，於是才切換成發音不輸給純正日本人的日文。

「大小姐，妳怎麼發現的？」

少女毫不放鬆地擺出長劍，以僵硬的聲音回答：

「……因為學長教我別依賴眼睛，要以全身來感覺。」

「學……學長……？」

瓦沙克一邊眨著眼睛，一邊感覺遙遠的記憶遭到刺激。這句話好像很久以前曾經聽過……

但是在思考到達某個結果之前，少女已經吸了一大口氣，然後以超級大的聲音叫道：

「敵襲！敵襲——！」

瓦沙克咂了一下舌頭發出嘖一聲，接著把短劍收回右腰。

沒辦法了，遊戲時間就到此為止。

瓦沙克大動作舉起左手，同時大喊：

「你們幾個……開始工作了！」

這次少女真的因為驚愕而瞪大了眼睛。

瓦沙克背後，距離數十公尺遠的樹叢裡，發出沙沙沙……聲音連續站起身體的，是從暗黑騎士團裡選拔出來的三十名輕裝偵察兵。

聽見少女的警告從馬車上跳下來的第二名少女，以及從北側飛奔過來的十多名衛士也一樣都僵在現場。

＊＊＊

「什麼……後面有敵人？人數大概有數十個人？」

整合騎士連利聽見補給部隊的緊急報告後，不敢置信地回叫道。

糟糕——這下糟了！

要是馬車遭到襲擊，物資也被焚毀的話全軍將無法行動。而且後面還有那三個人在。是自己發誓要保護的兩名少女練士以及一名年輕人。

必須送一百，不對，是兩百人過去救援才行。但是現在移動本隊的話，說不定會被逐漸從北邊接近的敵方部隊察覺到伏擊。這樣的話，將很容易被數量遠勝過己方的敵人給輕易殲滅。

不對，是不是該認為奇襲計畫已經被對方給識破了？這樣的話應該全軍繼續往南方移動，等待下一次的機會嗎？

無法立刻做出結論，只能呆立在現場的連利，耳朵裡聽見一道渾厚的聲音。

「沒想到會識破我們的南進，並且在這個地方配置伏兵……」

原來是從一基洛爾北邊山丘回來的騎士長貝爾庫利與愛麗絲。雖然對連利來說是高不可攀的兩個人，但此時他們兩個人臉上也露出緊張的神色。尤其是愛麗絲似乎馬上就要朝補給部隊飛奔過去了。

越過貝爾庫利的肩頭看向北方，就發現丘陵地帶後方已經稍微可以見到逐漸接近的大軍所揚起的土塵。

騎士長一瞬間閉起眼睛，立刻就睜大藍灰色雙眼做出指示：

「連利，讓本隊退後。大小姐，妳立刻去救援補給部隊。從北方接近的敵人就由我來擋下。」

「什麼擋下來……叔叔，敵人的拳鬥士團人數超過五千人啊！而且叔叔還說劍對他們沒用……」

「嗯，總會有辦法啦。快點去吧！決定戰到最後一兵一卒也要盡量削減敵軍數量的不就是大小姐……不對，不就是愛麗絲妳嗎！」

貝爾庫利只說了這些話就又面向北方。

指節嶙峋的右手緩緩拔出左腰上的時穿劍。

看見經過漫長歲月的劍身那褪色的光輝，就能清楚地知道劍所剩的天命已經不多了。

＊＊＊

連續三道火花在黑暗中爆開。

深茶色頭髮的少女，把瓦沙克首次在她面前展現的斬擊全部彈開。

而且瓦沙克還使用了連續劍技。所以當第三擊讓少女手中長劍脫手並插到附近的樹幹上時，暗殺者還是忍不住發出了稱讚的口哨聲。

這時瓦沙克一記掃腿讓堅強地舉起拳頭的黑髮少女跌倒在地。背部猛烈撞上地面的少女，很痛苦般呼出一口氣。

「羅妮耶————！」

第二個從馬車裡出現的紅髮少女發出類似悲鳴的聲音飛奔過去。

瓦沙克把右手上長劍的劍尖對準名為羅妮耶的少女喉頭，藉此來牽制紅髮少女的行動。她纖細的腳立刻像是極度恐懼般停了下來。

「呵……呵呵……」

面罩底下傳出他按耐不住的竊笑聲。

——就是這種感覺。

以劍尖玩弄人命與羈絆的愉悅感。所以才無法戒掉殺害玩家啊。

「……我不會殺她喔，妳就乖乖在那裡看著吧。」

對紅髮少女如此呢喃，然後在名為羅妮耶的少女旁邊蹲下來。

背後三十名渴望殺戮的士兵踩著快速的腳步往這邊靠近。

羅妮耶大大的眼睛裡滲出充滿恐懼與屈辱的淚水。原本高漲的決心開始被絕望取代——

…………？

忽然間，羅妮耶眼睛的焦點從瓦沙克的臉上移往空中。

她濕濡的虹彩反射出某種東西。

——光芒。

從天而降的乳白色光粒子。就像是雪花一樣輕飄飄地落下。

瓦沙克背部感覺到奇妙的戰慄，緩緩抬起頭來。

漆黑的夜空。血色的星星。

以這樣的環境為背景，浮現出一道小小的——但是放射出強烈且巨大存在感的剪影。

——那是一個人。一個女人。

身上穿著宛如珍珠所製成的光亮胸甲，護手與靴子也是同樣的顏色。

略長的裙子是由無數細布縫合而成，這時就像是翅膀一樣不停飄動。隨著夜風飛揚的長髮是光艷的栗子色——

「史提西亞……大人？」

地面上的羅妮耶這麼呢喃著。

她的聲音沒有傳到瓦沙克耳裡。當稍微看見從星空中緩緩而降的女人那嬌小臉龐的瞬間，暗殺者就像被吸引過去一樣站了起來。

從拘束中得到解放的羅妮耶雖然退後到紅髮少女旁邊，但瓦沙克甚至看都不看她一眼。

浮在空中的人影伸出了右手。

纖細的五根手指輕輕橫向掃出。

啦————

簡直像幾千名天使同時唱和一樣，穩重的和音搖晃了整個世界。

從人影的指尖放射出極光般的光之簾幕，直接降落到瓦沙克背後。

先是地鳴，然後是悲鳴。

回過頭的瓦沙克所看見的，是出現在大地上的無底峽谷，以及三十名手下被該處吞沒的模樣。

他維持茫然瞪大眼睛的狀態，再次把視線移回空中。

女性再次邊舉起右手邊回過頭，然後這次手換成朝著北方天空一揮。

再次傳出天使的歌聲。

規模大於剛才數十倍的極光，降落下來時對下方的地面造成什麼樣的現象已經是超乎想像之外。

最後浮在空中的女性低頭看著正下方的瓦沙克。

她右手的食指在空中彈出啪一聲。

啦————

七彩光芒包圍住瓦沙克。

他腳底的地面瞬間消失。

毫無抵抗能力就朝無限黑暗中落下的瓦沙克，將雙手舉向正上方，試著要抓住那個小小的人影。

「真的假的……喂，這是真的嗎？」

從他口中發出顫抖的聲音。

那張臉。

那種頭髮。

那樣的氣息。

「那不是…………KoB的『閃光』嗎？」

＊＊＊

騎士長貝爾庫利維持右手垂著愛劍的狀態，只是茫然站在那裡。

眼前的地面出現一道寬度應該有數百梅爾的巨大裂縫。從左右兩邊放眼望去都看不到終點，而且也無法推測深度。雖然邊緣持續有石片剝落而掉下去，但再怎麼豎起耳朵都聽不見它撞擊底端的聲音。

這條大地的裂痕在數十秒鐘前完全不存在。

可以看見七彩光芒隨著壯麗的和聲從天空降下，而地面一碰到光芒的瞬間就裂開了。

就算投入一千名，不對，一萬名神聖術師——甚至是最高司祭亞多米尼史特蕾達本人，都無法引起這樣的天地異變。

這是神威，神明顯靈後的成果。

繼闇神貝庫達之後，又有新的神明降臨到地上了。

貝爾庫利雖然隨著敬畏之心這麼想著，但馬上就否定了這個可能性。

巨大裂縫的對岸，被擋住去路的五千名拳鬥士只能茫然呆立在那裡。

如果是擁有給予、滅絕萬物天命權限的神明決定要站在人界守備軍這一邊，那麼祂將會無情地撕裂拳鬥士正下方的地面，直接讓他們墜落到地底吧。但是裂縫卻是出現在足以令全速奔跑的他們全都安全停下來的距離。

騎士長從這一點感覺到來者對於削除大量生命的猶豫。

這也就表示，這是人類意志所造成的結果。

3

——快一點。

——快一點到地上。到桐人的身邊去。

超級帳號01，以「創世神史提西亞」身分登入到Underworld的結城明日奈，把身體交給首次登入時才會出現的微速落下機能，內心只想著自己心愛的人。

自從海洋研究用自走巨大研究母船「Ocean Turtle」被身分不明的武裝集團占領後，現實世界已經過了將近一個小時的時間。

對菊岡等人做出「我要進去」宣言的亞絲娜，使用了Soul translator五號機進行完全潛行。出現座標應該是比嘉健幫忙特定出的桐人現在位置正上方。所以心愛的人應該在降落地點等著自己才對。

在感覺到幾乎快讓自己發狂的思戀下，亞絲娜同時也覺得有宛如針刺般的疼痛貫穿自己的頭部。她不由得扭曲起臉龐，承受這份痛楚。

事先已經接到警告，使用賦予史提西亞帳號的管理者權限——「無限制地形操作」會伴隨什麼樣的副作用了。地圖這個數量龐大的mnemonic data（汎用視覺化資料），在瞬間往返亞絲娜使用的ＳＴＬ與收納Underworld所有檔案的Main Visualizer過程中，將會對搖光造成極大的負荷。

ＲＡＴＨ的主任工程師比嘉健，要她不能隨便進行地形操作——甚至告誡她只要感覺頭痛就要立刻停止操作。

但是亞絲娜在認識到出現座標的正下方有一千名左右的「人界人」，以及從南北接近的龐大「暗黑界人」時，立刻就毫不猶豫地詠唱地形操作的指令。

從北方接近的龐大集團，因為刻劃在眼前的長大山谷而停了下來。但是靠近桐人所在地的大約三十名人員，就只能連同地面一起把他們削除掉了。

他們所有人都是擁有靈魂的人類。是桐人在這個世界的兩年半裡持續辛苦奮鬥，拚命想要守護的真正Bottom-up型ＡＩ。

或許是陷入死亡的他們產生的恐懼與怨念從ＳＴＬ逆流，才會帶來這樣銳利的疼痛吧。

但是亞絲娜用力閉上一次眼睛後，在迅速睜眼的同時就捨棄了剎那間的猶豫。

自己心中的優先順位，早在好幾年前就已經決定了。

為了桐人——桐谷和人的話，自己願意犯下任何罪過。也願意接受任何懲罰。

以為是永遠的數十秒鐘降落終於結束，珍珠白的靴子前端碰到黑色的地面。

這裡是一片奇形怪狀的灌木林當中。夜空中沒有月亮，只有不祥的紅色星光淡淡地從天而降。

搖了好幾次頭將終於開始消散的頭痛趕出去後，亞絲娜就挺直了背桿。將全身穿著騎士般鎧甲的暗黑界人吞沒的洞穴就在附近張開血盆大口。雖然不加理會的話會造成危險，但也沒辦法馬上進行地形操作。

在近處聽見馬鳴聲的亞絲娜，將視線移過去就發現有好幾台大型馬車隱藏在樹叢後面。

——在哪裡……？桐人，你在哪裡？

當因為太過於焦躁而準備大叫愛人的名字時，就有一道顫抖的聲音從背後向她搭話：

「史提西亞……大人……？」

回過頭去一看，發現是兩名穿著學校制服般灰色無袖洋裝的少女並肩站在一起。

她們有著不可思議的長相。不像是日本人，也不像是西方人。肌膚是光滑的奶油色，右邊的女孩有著楓葉般紅髮，左邊女孩的頭髮則是像咖啡一樣的深茶色。

而兩個人腰帶上都掛著經過長期使用的長劍——

紅髮少女再次從微張的嘴唇裡發出聲音。

「妳是……神明嗎……？」

完美的日文。但是稍微包含了一些異國風的聲調。這時亞絲娜深切地感受到Underworld獨自走過的三百年漫長歷史。

——菊岡先生、比嘉先生，你們竟然創造出這樣的東西。

——對你們RATH來說，這或許只是單純的模擬程式。但這個世界，以及在這裡過生活的人們都無疑是有生命的。

「……不是的……抱歉。我不是神明。」

亞絲娜緩緩搖了搖頭這麼回答。

深茶色頭髮的少女在胸口緊握雙手，呢喃著：

「但是，但是……妳引發了奇蹟，救了我們的性命。從恐怖的暗之國士兵手中救了大家……不論是衛士先生、修道士先生……還有桐人學長都是被妳所救。」

聽到這個名字的瞬間，亞絲娜就因為貫穿胸口的強烈疼痛而開始喘氣。

她重新站穩晃動的身體，張開好幾次嘴唇後，才終於擠出呢喃聲：

「我……我只是來見那個人而已。我是來見桐人……拜託妳……他在什麼地方？讓我和他見面……帶我到桐人身邊去。」

亞絲娜拚命忍住快要流下的淚水，如此懇求著。感到啞然的兩名少女雖然瞪大了眼睛，但最後終於互相看了對方一眼，然後同時點了點頭。

「……好的。在這邊。」

在穿著同樣鎧甲，拉開距離圍成一圈的劍士們守護下，兩名少女帶領亞絲娜往前走。

她最後被帶到一台馬車的後部。由於掛著厚厚的帆布車篷，所以看不見內部。

「桐人學長就在這裡……」

不等紅髮少女把話說完，亞絲娜就以雙手打開車篷跳上馬車的車台。然後踩著踉蹌的腳步往深處前進。

掛在天花板上的小油燈，以微弱的光線照耀著堆起的木箱與木桶。亞絲娜鑽過這些物體的縫隙，繼續往深處前進。

可以聞到一絲懷念的氣味。就像是日照，也像是吹過森林與草原的風一樣。

亞絲娜習慣微暗環境的眼睛，看見了銀色的反射光。

光線的源頭來自由金屬框架與木材組合而成的輪椅。

輪椅椅面上，可以看見一名影子般靜靜沉著身子的黑衣人。

「…………」

在具壓倒性的感情風暴蹂躪下，亞絲娜只能站在那裡。明明思考了那麼多再會時的言語，這時卻擠在喉嚨裡說不出口。

自己最心愛的人在現實世界當中，正橫躺在Ocean Turtle的ＳＴＬ四號機裡，而他的靈魂就在這個地方。

雖然受傷，遭到損害，但是依然呼吸著的生命。

當桐人在所澤的醫院裡，和從死亡遊戲ＳＡＯ被解放出來卻還是沒有醒來的亞絲娜再次相會時，一定也有同樣的痛苦，然後也一定下了同樣的決心。

——這次換我了。無論付出什麼樣的代價，我都會救你。

亞絲娜靜靜呼出塞在喉嚨的氣息，張口這麼呢喃：

「…………桐人。」

瘦到不堪入目的身體，可以看到右臂已經消失了。抱著白黑兩把劍的左臂，在聽見亞絲娜聲音的瞬間就震動了一下。

依然低垂的臉龐，空虛的瞳孔也產生細浪般的震動。

「啊…………」

從他乾枯的嘴唇裡發出破碎、沙啞的聲音。

「啊……啊……啊啊…………」

輪椅輕輕振動起來。左臂劇烈地繃緊，脖子上也浮現青筋。

低垂的臉頰上迅速流下兩行清淚，最後滴到抱在胸口的劍鞘上。

「桐人……夠了，可以了！」

亞絲娜這麼叫著，一跪下來就溫柔地緊緊抱住愛人的身體。同時也感覺到自己的雙眼不停溢出滾燙的淚水。

再會的那個瞬間，桐人的靈魂便痊癒，意識也跟著恢復——

要說沒有期待這樣的奇蹟，那就是在說謊。

但是亞絲娜知道，加諸於桐人搖光上的不是那麼容易就能治癒的損傷。桐人他是搖光中的「主體」，也就是自我形象遭到破壞。只要沒有用某種手段重新建構這個部分，就算從外部輸入什麼樣的情報，都沒辦法回報以正常的輸出。

亞絲娜腦袋裡再次出現比嘉說的話。

——他似乎有好幾名協力者，當然全都是人工搖光……也就是說他應該有同伴。在和教會的戰爭當中，他的同伴幾乎全都死亡，結果就是成功打開聯絡我們的線路時，就產生強烈的自責感。換句話說，也就是自己攻擊自己的搖光。

過於巨大的失落感、悔恨以及絕望，在桐人的心裡開了一個深邃的大洞。

——但是，就算那個洞穴裡充滿無限的虛無，我也會把它填滿。我自己一個人辦不到的話，就請眾多心靈相通的人提供幫助。不可能有愛無法彌補的失落感。

亞絲娜再次意識到內心充滿堅強的決心。再也不讓桐人感受到一絲的悲傷了。

——桐人所愛而且一路生活在其中的世界，就由我來守護。不論是從謎之襲擊者……還是從ＲＡＴＨ手中。

亞絲娜最後再次用力抱了一次桐人，然後才站起身子。

她轉過頭去，對著含淚注視這一切的兩名少女露出微笑。

「謝謝。是妳們保護了桐人吧。」

緩緩點頭的深茶色頭髮少女，以顫抖的聲音反問：

「那個……妳是……？不是史提西亞大人的話，妳究竟是什麼人呢……？」

「我的名字叫亞絲娜。和妳們一樣是人類。與桐人一樣是從『外面的世界』而來……也是為了完成同樣的目的。」

4

「只能說……這真是太驚人了。」

加百列站在大型龍車二樓看台前端，往下看著突然出現的巨大裂縫，結果耳朵就聽見一道悠閒的聲音這麼說道。

將視線移過去，發現設置在看台角落的升降口那裡有一名豐滿的中年男子正露出臉來。他應該是名為連基爾的商工工會的頭領。男人將寬大的袖子在身前合併，然後深深行了個禮。

雖然是目前所剩不多的將軍單位之一，但是這個男人本身似乎沒有什麼戰鬥力。加百列帶著「什麼事？」的意思揚起單邊眉毛，連基爾隨即維持把雙手舉在臉前的姿勢然後往左右兩邊瞄了一眼。應該已經注意到瓦沙克不在看台上了，但他沒有提及這件事，只是再行了一個禮。

「陛下。月亮馬上就要升起了……小人是想如果沒有立刻要下達的命令，是不是能夠允許士兵們用餐與休息呢？」

「嗯……」

加百列重新轉向開張漆黑大口的裂縫。

為了確認那道東西向裂縫究竟延伸到什麼地方而派出去的偵察兵到現在還沒有傳回報告。也就是說，不只是一兩英哩的距離。而且一看就知道這不是藉由土木工程就能掩埋的深度。

另外，預測敵軍的行動而事先令其潛伏在戰場南邊的瓦沙克與他的手下，照這個樣子來看很有可能沒辦法立下任何功勞就全滅了。只不過瓦沙克就算在這裡死亡，也只是會在現實世界裡醒過來而已。

這種狀況應該是要使用航空單位的時機，但是什麼暗黑騎士團的飛龍似乎只有十頭而已。不知道要來回幾次才能運完兩萬步兵。

雖然已經命令殘存下來的些許暗黑術師檢討魔法是否有辦法解決，但是獲得的回答卻是要在那種規模的峽谷架上足以支撐大軍的橋梁幾乎是不可能的事情。如果有總長蒂伊・艾・耶爾等級的術者，並且再次以多數半獸人作為祭品的話或許還有機會，但是已經接到她因為敵人騎士的反擊而死無全屍的報告。

——明明充滿野心，卻如此簡單就退場了嗎？

加百列一瞬間產生這樣的感慨，但終究不過是一個ＡＩ單位消失了，所以立刻就從意識中消除了蒂伊的存在。

總而言之——

那道巨大的裂縫，是脫離這個世界「遊戲平衡」下的產物。人界帝國那一方的ＡＩ，不可能造成黑暗領域這邊的單位無法修復的破壞才對。

這樣的話，那就是來自於現實世界的干涉了。一定是躲在上軸的RATH員工，和加百列一樣以超級帳號登入到這個世界來了。

目的應該也一樣吧。回收「愛麗絲」，利用系統操縱臺讓她脫離這個世界。

雖然局面的確是變得更為棘手，但只要知道是怎麼回事就有辦法應付。

反而可以說變得有趣多了。

加百列的嘴角浮現極細微的笑容，然後馬上消失。他重新轉向連基爾說道：

「好吧。今天就在這裡紮營。讓士兵們好好吃一頓，明天會更忙。」

「是的。陛下的厚意令小人銘感五內。」

再次深深地伏下身子，商人的首領便急忙離開了。

＊＊＊

「和桐人學長……相同的世界？」

紅色與藍色眼睛瞪大，兩名少女同聲如此呢喃。

「那……那是指……神界嗎？創世三神以及……掌管素因的眾神明，以及天使們所生活的天上之國……？」

「不是的。」

亞絲娜急忙搖了搖頭。

「確實是在這個國家外側的世界，但絕不是什麼神明的國度。因為……妳們覺得桐人這個人像神明還是天使嗎？」

結果少女們把視線移向輪椅，眨了眨眼睛後才同時發出細微的笑聲。不過立刻就恢復嚴肅的表情，不停地點著頭。

「是……是的……我想……確實沒有每天都偷溜出學院去買東西吃的神明……」

這次換成亞絲娜因為紅髮少女的發言而露出笑顏。真是的，連在這個世界都幹這種事嗎？這種又無奈又高興的心情，再次讓她的眼頭一熱。

好不容壓抑下這樣的感情，說了句「對吧？」並朝對方露出微笑，這次換成深茶色頭髮的少女畏畏縮縮地開口說：

「那麼……那個外側的世界，到底是什麼樣的地方呢……？」

亞絲娜稍微思考了一下才回答：

「這個嘛……抱歉，實在不是三言兩語能夠形容。我想同時對現場的指揮官做說明，可以請妳們為我引見嗎？」

「好……好的，了解了。請往這邊。」

以嚴肅的表情點了點頭，少女們就朝著馬車的出口走去。準備追上去的亞絲娜，一瞬間停下腳步看向桐人。

依然低垂的臉上，可以看見快要變乾的淚痕。

——不要緊了。你不用擔心了，桐人。接下來就交給我吧……

在心中這麼對他呢喃，輕輕地握了一下他終於放鬆的左手，亞絲娜才轉過身子。穿越木箱之間的通道，抬起車篷跳下車台。

就在白色靴子觸碰到地面的瞬間——

一道金色光輝從正面飛了過來。

劍光。

在意識到光芒的真面目前，亞絲娜就反射性有所行動。她的右手一閃，全速拔出裝備在左腰的細劍。

「鏗——！」一聲尖銳清澈的聲音貫穿了夜間的森林。

雖然好不容易彈開來自於某個人的斬擊，但右手還是因為過於強大的衝擊而麻痺。竟然會有如此沉重的劍。

依然烙印著大量白色飛散火花的視界裡，還沒沉靜下來就又看見下一擊的光芒。

光是抵擋的話會被對方得手。

瞬時如此判斷的亞絲娜，以細劍連續突刺襲來的劍刃。

到了第三擊才好不容易擋下劍刃。進入持劍互抵的狀態時，亞絲娜才終於能夠確認襲擊者的模樣。

她立刻就屏住了呼吸。

極端美麗的女性劍士，賽雪的肌膚染上血一般的紅色瞪著亞絲娜。藍寶石一樣的眼睛裡沸騰著強烈的憤怒。

宛如熔化黃金般的長髮，受到劍壓的衝擊而飄動。帶著沉穩設計感的鎧甲以及握在右手上的流麗長劍也同樣是深邃通透的亮黃色。

在稍遠處瞪大眼睛僵在現場的兩名少女，這個時候才終於發出細微的悲鳴。

「騎……騎士大人，請住手！」

「這位小姐不是敵人，愛麗絲大人！」

————「愛麗絲」！

一聽見這個名字，亞絲娜立刻產生新的驚愕感。

這麼說來，這名有著淒絕美貌，揮舞巨岩般重劍的劍士，正是世界上第一個真正Bottom-up型ＡＩ，高適應性人工智能「Ａ.Ｌ.Ｉ.Ｃ.Ｅ.」嗎？也就是Project Alicization的最大目的，ＲＡ

TH與襲擊者雙方所追求的，一連串事件的核心。

但是為什麼愛麗絲會像這樣對自己充滿敵意並且發動攻擊呢？

當亞絲娜拚命把黃金劍推回去，準備詢問對方真意時，愛麗絲就從粉紅色嘴唇發出宛若小提琴名家演奏出的華麗音色嚴厲地說：

「妳這傢伙是什麼人！為什麼接近桐人！」

聽見這句話的瞬間——

亞絲娜心中的所有事情都被擠到一邊，只有一種感情發出聲音爆了出來。

具體來說，她感到非常火大。

反射性回答的，是等於讓對方的敵意火上加油的發言。

「問我為什麼……因為桐人是屬於我的啊！」

「妳在說什麼，這個混帳！」

愛麗絲咬緊了珍珠色的牙齒。

接下來，兩把劍就一邊噴灑出火花一邊分開。

輕輕飛退的黃金劍士，等鞋底一碰到地面，就再次發動猛烈的上段斬。但亞絲娜這次也不落人後，直接使出再熟悉也不過的連續技。

夜晚的森林裡，巨大弦月與無數流星產生劇烈衝突，散發出眩目光芒。

由手肘傳到肩膀的衝擊，再次讓亞絲娜咋舌。她不得不承認，自己在劍術上稍微落後於對方。之所以能在勢均力敵的情況下互擊，完全是因為史提西亞帳號所擁有的，所謂「GM裝備」的細劍——專有名稱「燦爛之光」優先度比愛麗絲的黃金長劍還要高的緣故。

兩個人再次持劍互抵，動作也停了下來。

這時一道悠閒的男性聲音打破了這樣的寂靜。

「唔～這一幕真是太美了。兩朵盛開的美麗花朵，真是絕佳的美景啊。」

同時忽然從剛才一直都沒人在的空間冒出兩隻強壯的手臂。指節嶙峋的手指輕輕抓住愛麗絲與亞絲娜的劍腹。

「——！」

簡直像被老虎鉗夾住一樣，細劍再也無法動彈。手臂輕鬆地將啞然的亞絲娜與愛麗絲連同長劍一起抬起，拉開大大的距離後才讓她們著地。

一看之下，站在旁邊的是一名年過四十歲的高大男性。

類似和服的裝束上配戴了最低限度的防具。插在腰帶上的鋼鐵色長劍，以及從袖口伸出的手臂上都有無數傷痕，豪傑這個名詞可以說就是用來形容他這樣的人。

這個男人出現的瞬間，像是立刻變得年輕了幾歲的愛麗絲就鼓起臉頰來抗議：

「為什麼要妨礙我呢，叔叔！這個人應該是敵方的間諜……」

「我想應該不是喔。因為讓本來馬上就要戰死的我撿回一條命的，就是這位小姐了。妳們應該也一樣吧？」

最後一句話是對依然瞪大著雙眼的兩名少女所說。

兩人畏畏縮縮地點了點頭，接著交互發出細微的聲音。

「是……是的，騎士長閣下。是這位小姐救了我們。」

「她的手臂一揮，敵人的大部隊就掉進深淵裡……簡直可以說是神蹟。」

被稱為騎士長的男人，稍微往亞絲娜利用地形操作製造出來的大峽谷那邊瞄了一眼，隨即砰一聲把右手放到愛麗絲肩膀上。

「我也看見了喔。從天空降下七彩光線，然後大地就裂開了數百梅爾。就連那些拳鬥士也因為跳不過來而驚慌失措呢。這位小姐救了差點被敵人一鼓作氣蹂躪的我們，這是無庸置疑的事實。」

「…………………」

右手上依然垂著出鞘的黃金劍，愛麗絲以極度懷疑的眼神瞪著亞絲娜。

「……這樣的話，叔叔的意思是說，這個傢伙不是敵方的間諜，也不是穿著模仿神明畫像的無禮者，而是真正的史提西亞神嘍？」

保持沉默的亞絲娜輕咬住嘴唇。在這裡被似乎是人界軍總指揮官的騎士長認定為神明的話，情況又會變得更加麻煩。

　但是幸好騎士長咧嘴一笑後就搖頭說出否定的答案。

「我不這麼認為。如果這位小姐是真正的神明，那應該會比最高司祭還要難纏吧。比如說，毫不容情地把忽然間就砍過來的粗暴人物推落地底，對她來說應該是件小事吧？」

　這一點就連愛麗絲也無法反駁。她以依然帶著敵意的眼睛，對亞絲娜瞪了像要噴出火來的一眼後，才把長劍放到劍鞘口，「鏘！」一聲一口氣把劍收回去。

　其實亞絲娜也有很多話想說。彙整之後大概就是「臭屁什麼，那妳又是桐人的什麼人」，不過深呼吸之後才好不容易把這些話壓了回去。

　亞絲娜的任務是帶領愛麗絲到Underworld最南端的「世界盡頭的祭壇」，然後以物理方式讓保存她搖光的LightCube從集合構造體（Cluster）裡排出。

　也就是必須說服這名與自己不太合得來的女性，讓她脫離人界軍。目前不是和她在這裡吵架的時候了。

　同樣把細劍收進劍鞘裡後，亞絲娜轉身面向騎士長，開口說道：

「是的……正如你所說的，我不是什麼神明。和大家一樣都是人類。只不過，對於你們目前處身的狀況擁有一些知識而已。因為我是從這個世界的外側而來。」

「外側嗎……」

騎士長一邊摩擦著稍微長著鬍子的粗糙下顎，一邊露出了豪爽的笑容。

相對的，愛麗絲則是猛力吸了口氣後才大叫：

「外面的世界……？妳是說，妳和桐人是來自於同一個地方？」

這倒是讓亞絲娜感到驚訝。也就是說，桐人已經跟她提過一定程度Underworld形成的經過了吧。

考慮到搖光（FLA）加速機能的倍率，算起來桐人在這個世界已經度過將近三年的歲月。亞絲娜忍不住思考起，這當中究竟有多少時間是和這名金髮劍士共有的呢？

愛麗絲這時似乎也想到同樣一件事，她雖然準備再次往亞絲娜逼近，但騎士長的手臂已經先制止了她。

「接下去的事情也讓其他騎士與衛士長聽見比較好。我們一邊喝茶一邊談吧。敵軍今天晚上也不會有動靜了。」

「……說得也是。」

依然皺著眉頭的愛麗絲也點了點頭。

「好，既然這麼決定了……那邊的小姐們，可以幫忙準備熱茶，然後替我弄壺燒酒嗎？妳們也一起聽她要講什麼吧。」

在騎士長的命令下，兩名制服少女一邊叫著「是的！」一邊敬禮。

雖然亞絲娜在離開馬車旁邊前還想再跟桐人見一次面，但在身體有所行動前就先傳來愛麗絲尖銳的發言：

「話先說在前面，今後沒有我的許可妳絕對不能進那輛馬車。因為確保桐人的安全是我的責任。」

火大。

亞絲娜好不容易才讓腦袋裡冒起的情感沉靜下去。

「……妳才不准直接叫我們家桐人的名字呢……」

「妳說什麼？」

「……沒有，沒什麼。」

愛麗絲與亞絲娜「哼」一聲同時把臉別開，然後追著騎士長的背影離開了。

留在現場的兩名少女——緹潔與羅妮耶同時呼一聲吐出一口氣。

「總覺得……事情好像變得很複雜呢。」

如此呢喃的緹潔，像是要重新振作起精神來一樣拍了一下手，然後發出跟平常一樣充滿精神的聲音：

「那麼，我們得快點煮開水！燒酒的酒壺在那邊的馬車對吧……我們走吧，羅妮耶！」

在追上往前跑的好友之前，羅妮耶也悄悄說了一句話，不過沒有任何人聽見。

「……他是我的學長啊……」

5

單手拿著茶杯的亞絲娜，一直盯著發出啪嘰啪嘰聲燃燒的營火。

竟然有如此真實的火焰。

跟在ＳＡＯ與ＡＬＯ裡經常看見的，由繪圖引擎所描繪出來的火焰特效可以說次元完全不同。每當乾燥的木柴爆開，飛散的火粒所帶著的光輝、黑煙的燒焦味，甚至是逐漸溫暖臉龐與手的輻射熱，都帶著比現實世界更加強烈的真實感刺激亞絲娜的五感。

不只是營火而已。還有幫忙準備的折疊椅子，椅面的那種堅硬觸感、經常被使用的木製杯子給人的光滑手感、讓心情安定下來的茶香、周圍的樹木受到夜風吹拂後葉子傳出的沙沙清脆聲音。

自從登入Underworld之後，從來沒有時間像現在這樣好好觀察這個世界。再次讓所有感覺都動起來後，就只能被ＳＴＬ所產生的「汎用視覺化記憶（mnemonic visual）」的超高品質所震驚。

這樣的話，在不知道這裡是假想世界就登入進來的桐人，光是要確認這一點就耗費了很大的功夫吧。再怎麼說，這個世界裡可是連一個所謂的ＮＰＣ都不存在啊。

亞絲娜把視線從晃動的火焰上移開，依序看著聚集在森林裡圓形草地上的人們。目前她已經聽完簡單的介紹。

重重地坐在左手邊，獨占老舊酒瓶的是整合騎士團的首領貝爾庫利。他的對面是身穿黃金鎧甲的整合騎士愛麗絲。在橘色營火照耀下增加了深度的美麗金髮，令即使身為同性的亞絲娜也忍不住讚嘆。

愛麗絲左手邊是一名看起來有些無所適從的十五六歲少年劍士。他似乎也是這個世界最高「等級」的整合騎士。名字則叫作連利。

繼續移動視線，就能看見一名像影子般靜靜坐在那裡的纖細女性騎士。全新的鎧甲可能是不合身吧，那種不停又拉又放鬆皮帶的模樣簡直就像是ＶＲＭＭＯ的初學者一樣，介紹她的名字是謝達時，一瞬間與亞絲娜四目相對的細長眼睛裡，帶有某種無法形容的魄力。

她的左側，從亞絲娜這邊看起來是營火正對面的位置，則是比肩坐了十名衛士長這種等級的人員。他們幾乎都是有著剛毅面容，散發出年長強者氣息的男性，其中只有一名女性而已。

另外剛才那兩名制服少女則是縮起肩膀輕輕坐亞絲娜右手邊。紅髮的女孩子是緹潔，深茶色頭髮的女孩子是羅妮耶，她們表示是桐人的學妹，而桐人在半年前都還是那所學校的學生。

將十幾名劍士看過一遍後，亞絲娜就產生了某種深刻的感慨。

他們就跟真正的人類沒有兩樣。

不論是容貌、動作，甚至是散發出來的氣息，都看不出任何人工物的模樣。甚至讓亞絲娜懷疑起自己的事前知識，也就是這些人工搖光當中，只有愛麗絲突破「絕對無法違逆被賦予的規則」這種界限。

現在這個時候，就能了解桐人為什麼拚著靈魂受傷也要保護他們所有人了。

自己必須繼承他這個志願才行。

亞絲娜下定堅強的決心，用力吸了口氣後開口表示：

「各位，初次見面。我的名字叫亞絲娜。是從這個世界的外側而來。」

短短八天前才剛離開邊境的盧利特村，就已經遙遠到讓人對在那裡的短暫生活產生懷念感，那個時候愛麗絲經常推著桐人的輪椅去看附近的牧場。

堅固的木製柵欄當中，大量毛茸茸的羊隻溫馴地吃著草，而小羊則是元氣十足地在牠們之間到處亂跑。

愛麗絲心裡想著牠們實在是太幸福了。完全不用擔心柵欄外面的事情，只要在封閉，被保護著的世界過安穩的日子就可以了。

沒想到——

在這個世界裡生活的自己與其他人，在本質上是跟牠們完全一樣的存在。

自稱亞絲娜的異界少女，給予圍著營火而坐的整合騎士與衛士長天崩地裂一般的衝擊。只有騎士長貝爾庫利維持著跟平常一樣的飄逸表情，不過他的內心應該也有許多想法吧。

亞絲娜以神聖語將人界與黑暗界合起來的世界全體稱為Underworld（地底世界）。又表示它的外側——不是地勢，而是觀念上的外部——則有一片名為Real world（現實世界）的異世界。

當然，眾衛士就產生了「那裡不是神界嗎」的疑問。

來訪者這麼回答。生活在現實世界裡的，是擁有感情、欲望以及有限天命的人類。

而目前在Real world裡一塊極微小的場所中，兩股勢力正在爭奪Underworld的支配權。

亞絲娜似乎就是來自其中一方的使者。目的是守護Underworld。

而與亞絲娜敵對的勢力，目的是只要從Real world回收一名人類，然後就破壞整個世界令其歸於虛無——

聽見這一點的眾衛士長立刻像很不安般產生騷動。

讓他們從動搖當中恢復過來的，是貝爾庫利所說的話。

活了三百年的豪傑斷言：「那還不是一樣。人界外面有黑暗領域，至今為止包含我在內的所有人，幾乎都沒有認真想過要事先做好萬全的準備，以防那裡帶了幾萬大軍來侵略。所以現在黑暗領域外側又多了一個世界也算不了什麼吧。」

雖然是漏洞百出的理論，但騎士長以可靠的聲音這麼說完，其他人就開始覺得是這樣沒錯。所有人冷靜下來後，貝爾庫利就對亞絲娜詢問那個敵對勢力唯一想獲得的究竟是什麼人。

異國人士那亮茶色的眼睛將視線從貝爾庫利身上移開，改為筆直地看著愛麗絲。

花了數秒鐘才理解對方視線代表什麼意思的愛麗絲，忍不住指著自己的臉。

「……我……我嗎……？」

這時不只是連利或者緹潔、羅妮耶，甚至連謝達都露出驚訝的表情。不過這次依然只有貝爾庫利像是了解一切般點了點頭。

「原來如此……也就是『光之巫女』嗎……」

由於亞絲娜沒有聽過這個名詞，所以對著騎士長眨了眨雙眼，但立刻就又把視線移回愛麗絲身上說道：

「已經沒什麼時間了。為了防止地底世界消滅，只有讓愛麗絲小姐和我一起移動到現實世界去了。知道愛麗絲小姐不存在了的話，敵人應該就會停止干涉這個世界……」

「別……別開玩笑了！」

愛麗絲忘我地大叫起來。她踢開椅子站起身子，右手用力貼在護胸上，高聲說出一大串話來：

「要我逃走？丟下這個世界與生活在其中的人們，以及守備軍的眾伙伴，逃到那個叫什麼現實世界的地方？絕不可能，我可是整合騎士！守護人界是我最重要且唯一的使命！」

結果這次換成亞絲娜迅速站起來。讓人想起白金櫟樹果的茶色頭髮大大地搖晃，然後以宛如銀鈴般的聲音銳利地反駁：

「那就更應該離開！如果敵人……不是暗黑界人而是來自現實世界的強盜抓住妳的話，就不只是生活在這個世界的人們……就連大地、天空等一切的一切都會被消滅掉！敵人已經隨時都可能會襲擊這個地方了！」

「哎呀，關於這一點妳的情報就有點舊了，亞絲娜小姐。」

以冷靜的聲音如此插話的是騎士長貝爾庫利。

「妳的敵人似乎已經來嘍。」

「咦……」

像是要吊說不出話來的亞絲娜胃口一般，騎士長啜了一口燒酒後才又繼續說：

「這樣就說得過去了。光之巫女……以及想得到她的闇神貝庫達。現在指揮敵軍的那個什麼貝庫達神，無疑和妳一樣是來自於現實世界的人吧。」

「闇……神。」

即使在營火照耀下依然能清楚看出臉色鐵青的亞絲娜，發出了混雜著神聖語的呢喃聲。

「怎麼會這樣……Dark territory（黑暗領域）那一邊的Super account（超級帳號）沒有被Lock（鎖住）嗎……」

「那個……可……可以打擾一下嗎？」

寂靜當中傳出一道細微的聲音，少年騎士連利接著便畏畏縮縮地舉起手。

可能是意識到所有人的視線都集中到自己身上了吧，年輕人以細微的聲音說出了疑問：

「說起來呢，光之巫女具體來說究竟是什麼樣的身分？那個現實……世界的眾強盜，到底為什麼那麼想得到愛麗絲閣下呢？」

回答問題的不是亞絲娜也不是貝爾庫利，而是在這裡原本也貫徹「無聲」立場的灰色騎士謝達。

「因為她突破了右眼的封印。」

一瞬間驚訝到忘記憤怒的愛麗絲，忍不住邊把手放到右眼下方邊問道：

「妳……妳知道這件事嗎，謝達閣下？為什麼……？」

「想到如果能把世界上最硬的……無法破壞的中央聖堂整個砍倒的話……一定很開心……只要一這麼想，右眼就會痛。」

「…………」

貝爾庫利的乾咳聲打破了眾騎士與衛士微妙的沉默。

「啊～現場應該也有其他人暗地裡有過這樣的經驗吧？稍微對最高司祭的權威或者公理教會的統治體制感到懷疑，就會出現右眼球閃爍紅光，同時被直接刺進頭腦深處的痛楚襲擊的現象。一般來說都會因為疼痛過於劇烈而無法繼續思考下去。但即使如此還是持續不敬的思考，疼痛就會無限地增強，右眼的視界也跟著染紅……最後……」

「整顆右眼就會炸得無影無蹤。」

愛麗絲鮮明地想起那恐怖的一瞬間並這麼呢喃。

眾人的臉也隨之出現不同程度的畏懼表情。

「那麼……愛麗絲閣下………」

對連利帶著恐懼的聲音緩緩點了點頭後，愛麗絲就繼續說道：

「我和元老長裘迪魯金以及最高司祭亞多米尼史特蕾達大人戰鬥了。為了下定這樣的決心，我暫時失去了右眼。」

「那……那個……」

用比連利更細微的聲音尋求發言機會的，是至今為止都只是聽著眾人發言的補給部隊的少女練士緹潔。

「尤吉歐學長也……為了保護我和羅妮耶而拔劍時，他也從右眼流出血來……」

愛麗絲也像要表示「一定是這樣」般點了點頭。雖然是一般人民，但是撐過多場激鬥，甚至擊退貝爾庫利，面對亞多米尼史特蕾達也展現出驚人心意光芒的那個年輕人，一定已經克服右眼的封印才對。

對了，話說回來，中央聖堂最上層的戰鬥當中，亞多米尼史特蕾達看見愛麗絲時，確實提到過關於右眼封印的事情。她的確是說了Code８、７……

但是在愛麗絲回想起最高司祭所說的話之前，貝爾庫利就邊摩擦著下巴，邊發出沉吟的聲音。

「唔嗯～……也就是說，亞絲娜大小姐所說的敵人，是想要得到自己突破右眼封印的人嗎？亞絲娜小姐，我想問一下，你們現實世界的人也有相同的封印嗎？」

「……………沒有。」

稍微猶豫了一下，茶色頭髮就開始輕輕橫向搖動。

「我沒有那樣的經驗。我想是否被強迫絕對遵從法律與命令，應該就是現實世界人與地底世界人唯一的差異。」

「這樣的話，也就是說愛麗絲大小姐現在是完全跟你們一樣的存在嘍？但這樣就很奇怪了？貝庫達為什麼會想要同樣的東西？現實世界裡應該也有許多人居住吧。」

「這個…………」

亞絲娜再次露出比剛才更加猶豫的神色，開始含糊其詞。

但是愛麗絲把塞住記憶的刺拔起來的瞬間，立刻就大叫著打斷了亞絲娜的話。

「對了！是Code８７１！」

她緊握住雙手，急促地繼續說：

「最高司祭是這麼稱呼右眼的封印。她說『那個人』所施加的Code871。那個時候還不了解是什麼意思……這應該不是什麼古代神聖語，而是現實世界的語言吧？」

「Code……871……？」

感到驚愕而如此呢喃的亞絲娜，像是覺得很奇怪般用力皺起眉頭。

「……封印是外面的……RATH的人所設定的……？這樣不是……只會妨礙目的而已嗎……」

坐在椅子上，好一陣子露出沉思表情的亞絲娜，臉上——

突然染上了極大的驚愕神色。淡紅色嘴唇顫抖著擠出沙啞的聲音。

但是愛麗絲無法理解她所說的話是什麼意思。

「…………糟糕……RATH的工作人員裡……有隔板外面那群人的間諜……！」

亞絲娜產生了強烈的動搖。

為了消除「對於命令的盲從」這個人工搖光唯一的缺點，比嘉他們這群RATH的技術人員累積了許多的努力。

因為目前的人工搖光，無法以理論或者倫理來驗證被賦予的命令。如果將它們作為搭載在戰鬥兵器上面的AI，只要被駭入命令系統，下達攻擊己方人員或者無差別殺害平民的指示，

ＡＩ就不會再次確認而直接實行命令。它們沒辦法完成歐美軍隊裡規定的所謂的抗命義務。

因此ＲＡＴＨ為了產生突破這道界限的真正人工智能，才會在Underworld持續進行了長達數百年的模擬。

但是，如果是怎麼想都只會妨礙實驗成功的右眼封印，也就是「Code８７１」是隸屬於ＲＡＴＨ的某個人偷偷施加在人工搖光身上的話。

這樣的妨礙工作，應該是出自於目前占領Ocean Turtle的襲擊者們的指示吧。目的是延遲實驗成功的時間，好讓他們完成襲擊作戰的準備。

而該名間諜目前也還是在Ocean Turtle的上軸裡自由移動當中。只要他願意，就能在其他工作人員沒有注意到的情況下，入侵毫無防備的亞絲娜與桐人所躺著的第二ＳＴＬ室。

亞絲娜一邊承受著撫摸過肌膚般的恐懼，一邊繼續思考。

必須盡可能快速地把這個情報傳達給比嘉、菊岡或者是神代博士知道才行。但是既然登入到距離系統操縱臺相當遙遠的座標，亞絲娜就沒有呼叫他們的手段。

唯一的方法是讓目前使用的史提西亞這個角色的ＨＰ歸零——也就是死亡，但那個時候就不能再用這個超級帳號登入了。既然系統的管理者權限操作已經被鎖住，當然就不可能重置帳號資料。

而且眾襲擊者既然使用了闇神貝庫達這種與史提西亞同等級的帳號，以一般民眾的能力值根本無法與其對抗。為了保護愛麗絲，讓她平安地登出，就需要這個帳號的能力。

——怎麼辦？要以哪邊為優先呢？

瞬間思考到這裡的亞絲娜，先深呼吸一下後才下定了決心。

目前還是以Underworld內部為優先。這個世界是以比現實世界快一千倍這樣的超高速來運轉。在外面的間諜再次有所行動前，應該還是有一點時間才對。

這段期間，無論如何都要從敵人所指揮的黑暗領域軍手裡保護愛麗絲，讓她順利排出到現實世界。如果失敗，讓愛麗絲落入敵人手中，那些傢伙就會為了獨占真正的ＡＩ而無情地把剩下來的LightCube群破壞殆盡吧。到時候桐人賭上性命守護的這個Underworld也會變成泡影。

＊＊＊

這個時候，如果對照結城明日奈目前所獲得的情報，就會覺得她所做的判斷完全正確。

但是她以及Ocean Turtle裡頭的比嘉健，甚至是菊岡誠二郎都沒有注意到一個重大的事實。

就是ＦＬＡ的倍率在加百列．米勒與瓦沙克．卡薩魯斯登入之後就開始慢慢被往下調了。

進行這種操作的是襲擊小隊的技術工作員克里達，而下令的則是隊長加百列。

二十幾個小時後，將會有武裝自衛隊員由負責護衛的神盾艦「長門」闖入，ＲＡＴＨ的人員完全沒想到，處於這種狀況下的襲擊小隊，會做出調降加速倍率這種自尋死路般的行為。

何況他們調降倍率的目的更是完全超乎人的想像。

只不過——

目前這個時間點只有一個人識破了加百列的企圖。

透過明日奈帶到這裡的手機來自行收集情報，屬於世界最高等級的Top-down型人工智能的「她」，在暗藏著某個目的的情況下開始飛翔於網路空間當中。

＊＊＊

「怎麼了嗎？」

聽見不知不覺間不再那麼見外的愛麗絲所提出的問題，亞絲娜瞬間抬起臉並搖了搖頭。

「沒有啦……沒什麼事。抱歉，打斷妳的話。」

「沒有打斷啦，因為還在等妳的回答啊。」

愛麗絲依然以尖銳的口吻質問著。

「怎麼樣？Code８７１這個名詞讓妳想起什麼事情了嗎？」

「有啊，我正準備要說明呢。」

面對愛麗絲，總是會不由得發出尖銳的聲音，亞絲娜對這樣的自己感到不可思議。

她幾乎沒有和人吵過架的記憶。和莉茲貝特、西莉卡、莉法、詩乃這些朋友總是很快樂地玩在一起，在學校也和班上同學感情很好。

在愛麗絲之前，有什麼人是會像這樣和自己發生爭執的呢？開始探索記憶的亞絲娜，差點就要笑出聲來。那個人無疑就是桐人了。

在艾恩葛朗特第一層的迷宮區裡相遇，不知道為什麼組隊一起攻略死亡遊戲的那些日子中，亞絲娜不知道瞪過、罵過桐人幾次，有時甚至還輕輕地動手扁過他。結果在這樣的情況下不知不覺就喜歡上對方，人類的感情實在是太不可思議了。

這麼說來，自己總有一天也會跟這個愛麗絲變成好朋友嗎？

——這個可能性應該相當低呢。

亞絲娜一邊這麼想，一邊再次開口說道：

「……愛麗絲小姐所說的，Code８７１這個右眼的封印，正是由現實世界的人……也就是敵人那邊的人施加在你們身上。」

「唔……那個什麼Code的，除了把右眼轟飛之外就沒有其他解除的方法了嗎？」

貝爾庫利的問題，讓來自異界的少女像感到很抱歉般搖了搖頭。

「對不起，我也不清楚……但我想那大概不是能夠從地底世界內部解除的東西。」

聽著亞絲娜清澈的聲音，愛麗絲心裡便想著自己到底為什麼會感到如此焦躁。

第一印象確實相當糟糕。沒有打過招呼就隨便接近桐人，自己當然不可能會開心。因為受傷的桐人這半年來都是由自己守護、照顧的啊。

但是那個叫作亞絲娜的女孩子，是跟桐人一樣從現實世界而來。從言行舉止來看，她在那個世界一定和桐人有某種關係。這樣的話，既然都大老遠追到異世界來了，應該有跟他見一面的權利才對。

這就是自己焦躁的原因嗎。因為原本認為只有自己才擁有守護桐人的義務與責任，結果卻突然出現新的關係者的緣故嗎？

還是說，是對亞絲娜令人害怕的劍技所燃起的對抗心？

她還是第一次見過那麼快速的連續技。如果只有速度，那麼副騎士長法那提歐也不是自己的對手。但剛才與其說是連續技，倒不如說像同時有複數的突刺朝自己攻過來。如果劍稍微被彈開，回劍的速度應該是對方比較快吧。愛麗絲從來沒有對同年代以及同性的劍士感到如此戰慄的經驗。

又或者是因為——

光是這樣子看，亞絲娜就已經美麗到令人想嘆氣了呢？

異國風的臉龐讓人感覺沒有人比她更適合優美這個形容詞了。雪白肌膚上也沒有任何汙點，與櫟樹果實顏色相同的長髮柔軟晃動的模樣，簡直就像一整束最高級的絲絹一樣。眾衛士長臉上浮現的讚嘆神色應該不是自己的錯覺。亞絲娜要是對他們自稱是史提西亞神，他們一定毫不懷疑就會相信了吧。

真想知道。

跟現實世界和敵人的情報比起來，自己更想知道亞絲娜個人的事情以及她與桐人的關係。

注意到自己不知何時已經陷入茫然的思緒當中，愛麗絲急忙又豎起自己的耳朵。這時亞絲娜正對著騎士長繼續說：

「……敵人害怕在地底世界裡突破封印者……借他們的話來說就是『光之巫女』落入他們之外的勢力手中。因為光之巫女在現實世界也成為極為貴重的存在。」

「這真是令人難以理解。」

騎士長貝爾庫利邊搖著燒酒酒壺邊沉吟著。

「光之巫女，也就是愛麗絲大小姐，應該是跟現實世界人同等的存在吧？我剛才也問過了，為什麼要如此執著於同等的存在呢？不論是敵人還是亞絲娜小姐的陣營，到底想把愛麗絲大小姐帶到外面的世界去做什麼呢？」

「這個嘛……」

亞絲娜像是不知道該說什麼般咬著嘴唇。

她伏下長長的睫毛，聲音也沉了下去。

「…………抱歉，現在還不能說。因為我希望愛麗絲小姐以自己的眼睛來看過現實世界後再做判斷。外面絕不是什麼神明的國度或是世外桃源。甚至比這個世界還醜陋、汙穢。想要愛麗絲小姐的那群人動機也是如此。現在在這裡說明這一點的話，愛麗絲小姐應該就不會原諒現實世界以及生活在那裡的人了吧。但絕對不只有這些黑暗面。也有許多想保護這個世界，和大家好好相處的人存在。沒錯……就像桐人那樣。」

愛麗絲默默聽著對方帶有某種拚死決心的發言。

然後最讓自己驚訝的是，自己竟然緩緩點了點頭。

「……好吧。現在我就不多問了。」

她輕輕攤開雙手，聳了聳肩。

「不管怎麼樣，我不打算做自己不想做的事情。而且在這之前，我可還沒決定要去現實世界。雖然想看看外面的世界，但那是要在擊敗眼前的敵人……闇神貝庫達率領的侵略軍，和黑暗領域訂立和平條約之後的事情。」

結果原本以為還是會強烈反駁的亞絲娜，這時經過短暫的沉默後也慢慢點了點頭。

「……嗯。既然知道指揮黑暗領域軍的闇神貝庫達是現實世界人，那麼我和愛麗絲小姐單獨離開這支部隊實在太危險了。因為敵人應該也預測到我們可能這麼做。我也……和大家一起戰鬥。貝庫達就交給我來對付吧。」

下一個瞬間，眾騎士長就傳出了「喔喔」的歡呼聲。

不管亞絲娜本人怎麼說，但是對他們而言，她依然是跟史提西亞大神沒有兩樣的存在吧。最重要的是，如果能夠使用撕裂大地的超高位術式，就算還剩下兩萬的敵軍變成二十萬也不足為懼了。

騎士長似乎也有同樣的想法，他一邊將雙臂交叉在胸前一邊詢問亞絲娜：

「嗯，關於現實世界的事情就等之後再說吧。先把話題拉回來……亞絲娜小姐，妳可以無限使用那種讓地面開個大洞的術式嗎？」

「……很可惜，可能沒辦法符合你的期待。」

亞絲娜以感到很遺憾般的面容搖了搖頭。

「那股力量似乎會給意識帶來巨大的負荷。如果只是痛苦的話就還可以忍耐，但要是隨便使用的話，就可能會為了保護意識而強制讓我脫離這個世界。這樣的話，我就沒辦法再回來了。我想大概只能再進行一兩次大規模的地形操作……」

期待越大，圍在營火周圍的衛士長們這時臉上露出的失望之色就越是嚴重。感覺到他們情緒的愛麗絲，忍不住就大聲說道：

「我們要守護人界，怎麼可以全靠異世界人的力量呢！她已經幫了我們很大的忙了吧。這次換我們騎士和衛士向異世界人展現力量了！」

由於她是以激烈的身體動作力陳己見，所以亞絲娜便以有些驚訝的表情看著她，結果說到一半她自己也覺得很不好意思。

這時率先代替閉上嘴的愛麗絲發言的，是在場者當中年紀最輕的騎士連利。

「沒……沒錯！你們剛才也聽見亞絲娜小姐不是神，和我們一樣是人類了吧！這樣我們應該也能發揮出同樣的戰力才對！」

少年騎士把雙手緊貼在腰部兩旁的神器上激昂地說道，當亞絲娜發現他這時視線從自己身上移到右邊的紅髮少女身上時，就想著原來是這麼回事，並在內心露出微笑。

接下來，就連「無聲」的謝達都丟出一句話：

「我也……想再和那名拳鬥士戰鬥。」

面面相覷的眾衛士長，沒有花多少時間就又充滿了活力。

沒錯，我們上吧，由我們來守護──不知道什麼時候聚集在草地周圍的眾多衛士，也一起跟著這些意氣軒昂的叫聲唱和。像是與眾人的意志同步一樣，營火的火焰燃燒地更加熾烈，把夜空照得一片通紅。

＊＊＊

這樣真的好嗎？

在被分配到的帳篷當中，亞絲娜一邊解開珍珠色的胸甲一邊思考。

現實世界的比嘉與菊岡，應該希望亞絲娜盡快把愛麗絲帶到系統操縱臺那裡，然後排出到副控室裡頭吧。

但是之後又怎麼樣呢？對菊岡來說，只要回收愛麗絲的搖光，再來就只要解析它的構造，然後進行無人兵器搭載用ＡＩ的開發工作就可以了。耗費龐大電力來維持內含剩下來的超過十萬人以上人工搖光的LightCube Cluster對他們來說並沒有好處。

就算能救到愛麗絲一個人好了，其他Underworld人全都被刪除的話，醒過來之後知道這個事實的桐人會怎麼想呢？而且在那之前，自己真的能夠讓他的搖光恢復過來嗎……

不行，不能說這種軟弱的話。好不容易才能再次相會，一定要盡可能和他接觸，對他搭話然後尋找回復的契機。比嘉不也說了嗎？他說——事到如今，也只能期待Underworld裡發生什麼奇蹟來治癒桐人了。

現在就想潛入他休息的帳篷，緊抱住他跟他說話。如果可以的話，在Underworld的這段時間希望一直能這麼做。她絕對不願意丟下桐人，前往遙遠南方的系統操縱臺。

——就算只有今天晚上也好……

下定決心的亞絲娜，脫下全身的金屬裝備變成輕快的緊身短上衣加裙子的模樣，來到帳棚出口附近豎起耳朵傾聽。

雖然不斷拒絕對方的好意，但騎士長準備的小型帳篷外面還是站了一名衛士負責警戒。因為擔任史提西亞神的護衛而打起十二萬分精神的年輕人，完全沒有打瞌睡的模樣，很守規律地一直在帳篷附近繞著。

他的腳步踩著草地發出沙沙聲並通過入口，快到正後方時亞絲娜便迅速離開帳篷。重複三次無聲的跳躍後，躲進距離十公尺左右的大樹後面。

悄悄從後面窺視之下，發現年輕衛士像是完全沒有注意到般從帳篷後面出現，然後繼續著巡邏。在內心向他說了聲抱歉，亞絲娜便朝著樹林深處前進。

大規模戰鬥後的疲憊讓人界軍的士兵們都早早就睡死了，除了少數的哨兵之外，完全沒有人還醒著的樣子。哨兵的注意力也都對著森林外面，所以亞絲娜沒有被發現就潛入並排著補給部隊帳篷的區域。

她閉上眼睛，集中自己的意識。

不知道是超級帳號的能力，或者單純是直覺，她立刻就感覺到愛人的所在地。

往該處移動了幾步的亞絲娜，注意到視界右端閃爍了一下的金色光芒，於是停止動作。

帶著「呃～」的念頭畏畏縮縮地瞄了一下該處。

就看見一道雙手抱胸，靠在帳篷柱子上的人影站在那裡。對方穿著與亞絲娜的緊身上衣同樣布料的洋裝，上面還披了件毛線披肩。長長的金髮隨著夜風搖動。狠狠瞪向這邊的眼睛是深藍色。

「……我就知道妳會來。」

騎士愛麗絲一邊跨出一步一邊用鼻子輕哼了一聲。

全力瞪著身高幾乎與自己差不多，年齡應該也沒有太大差距的對手，愛麗絲準備丟出早就想好的台詞。

——不是說過別靠近了。乖乖回自己的帳篷去吧。

但是吸滿胸口的空氣卻很難從喉嚨裡吐出來。這是因為異界人亞絲娜的眼睛裡已經透露出過於明顯的感情。

濃烈的思戀，以及因此而產生的苦惱和決心。

愛麗絲呼一聲吐出一口長長的氣，這麼對自己說道。

——這不是讓步。我最有資格守護桐人這個事實依然沒有改變。因為桐人他和我一起作戰、受傷，然後在我面前筋疲力盡而倒了下去。

所以這只不過是為了讓桐人回復所盡的努力之一。

「……來交易吧。」

聽見愛麗絲簡短的發言，亞絲娜便眨了眨眼睛。

「我讓妳跟桐人見面。也告訴妳我知道的所有事情。所以妳也要把知道的所有桐人的情報告訴我。」

亞絲娜立刻收起剎那間感到驚訝的表情，嘴唇上露出充滿自信的笑容。

「好吧。不過，內容相當多喔。一個晚上可能說不完。」

即使再次產生「真令人火大」的感想，愛麗絲還是問道：

「妳和桐人在一起的期間多長？」

結果亞絲娜淡茶色的眼睛望向夜空，一面做出折著雙手手指的動作一面回答：

「嗯……以搭檔身分共同戰鬥了兩年。之後交往了一年半。這當中還一起生活了兩週。」

——交往的意思是表示他們兩個人是戀人嗎？不會的，怎麼可能……但是，一定是感情相當好才會一起生活……

雖然多少有些動搖，但愛麗絲就像要表示怎麼能在這裡認輸般挺起胸膛回話道：

「我和他並肩作戰一整個晚上。之後在同一個屋簷下生活了半年，一直跟在他旁邊照顧他。」

這次換成亞絲娜整個人有點後仰。但她立刻恢復原來的姿勢，發出「哦～這樣啊」的呢喃。

兩個人就像認真對決一樣鬥氣高漲，互相瞪著對方一陣子。夜裡的冷空氣不停震動，運氣不好掉到兩人中間的樹葉，立刻發出「嗶滋、嗶滋」的聲音彈開了去。

膽敢中止整合騎士與創世神爭鬥的——是一名纖細少女的聲音。

「那個……」

驚訝的愛麗絲把視線移往聲音的方向，而亞絲娜也做出同樣的行動。

深茶色頭髮上罩著寬鬆的帽子，穿著灰色睡衣的補給部隊少女練士羅妮耶，目前就站在帳篷與帳篷之間。她在胸前緊握雙手再次開口：

「那個，我……我幫桐人學長掃了兩個月左右的房間，還有他教了我劍技，也請我吃過好幾次跳鹿亭的蜂蜜派！和兩位比起來時間雖然短多了……但是我也想交換情報……」

眨了好幾次眼睛後，愛麗絲再次和亞絲娜視線相交。同時浮現在她們嘴角的，是類似嘆氣的些微苦笑。

「好吧。妳也是同伴嗎，羅妮耶小姐？」

愛麗絲點頭完後，嬌小的練士才像放下心來一樣露出笑容，從帳篷的陰影當中走出來。這樣的舉動讓人不得不佩服她的膽量。

但是——亂入者竟然不是這樣就結束了。

有別於羅妮耶出現的場所，另一個遮蔽處又傳出一道新的聲音。

「也能讓我參加這場情報交換會嗎？」

口氣雖然像男性，但聲音卻是悅耳的次女高音。無聲無息地出現在月光下的，是一名相當高挑的女性。一看見她凜然端正的容貌，亞絲娜就發出細微的聲音：

「……妳是剛才的……」

不會錯的。她是參加了剛才那場會議的女性衛士長。

將茶色長髮綁成馬尾的女性，輕輕點頭後就報上姓名：

「我是隸屬於諾蘭卡魯斯北帝國騎士團的索爾緹莉娜・賽魯魯特。原本打算在戰爭結束前都不接觸的……但我和桐人也有不淺的緣分，所以才會忍不住到這個地方來。」

愛麗絲再次呼一聲嘆了口氣。接著聳了聳肩，對著高挑的衛士長問道：

「……妳和他又是什麼樣的緣份呢，賽魯魯特衛士長？」

「不介意的話，請叫我『莉娜』吧，騎士閣下。」

索爾緹莉娜先乾咳了一聲才亮出自己手中的牌。

「諾蘭卡魯斯帝立修劍學院中，桐人以隨侍劍士的身分照顧我的生活起居一整年的時間。另外我想我也傳授給他一些劍法。」

「……………」

打出超乎想像之外的強力手牌後，其他三個人就安靜了一陣子。

亞絲娜和愛麗絲視線相交之後，同時像感到很無奈般搖了搖頭，接著又點了點頭。

「這樣的話，妳應該也有許多情報才對，莉娜小姐。請跟我們一起來吧。」

在微妙的空氣當中，四個人躡手躡腳地移動，在愛麗絲帶領下潛入小型帳篷當中。帳篷裡有將兩片皮革床墊並排在一起的攜帶式寢具，其中一片床墊空無一物，另一片上則躺著一名閉著眼睛的黑髮年輕人。從毛毯邊緣可以看到兩把長劍的劍柄。

看見這一幕的亞絲娜，嘴唇就露出某種懷念的感傷，而愛麗絲則沒有錯過她的反應。

「……怎麼了？」

一問之下，異世界的劍士就露出一瞬間忘了敵意般的無垢笑容回答：

「『二刀流』的桐人。這個人在外面的世界擁有這樣的稱呼。」

「……哦……」

話說回來，桐人在和亞多米尼史特蕾達決戰的時候，雙手確實握住自己的黑色長劍與尤吉歐的白色長劍，然後自在地揮動著它們。看來那不是他即興創造出來的劍技。

愛麗絲重重坐到鋪在沉睡桐人旁邊的寢具上，一邊做出要三個人也坐下來的手勢一邊說：

「那麼，就先從這件事情開始聽起吧。」

荒野的夜晚不停地流逝，只有紫色月亮靜靜地照耀著大地。

不論是人界守備軍的衛士，還是黑暗領域軍隔著無底深淵野營的暗黑騎士與拳鬥士，全都陷入深沉的睡眠當中。

即將展開總攻擊的前一天晚上，唯有一頂位於某個角落的帳篷一直遲遲無法熄燈。有時麻布內側會傳出細微的笑聲，但是唯一就只有停在樹梢上的一隻貓頭鷹聽見這樣的聲音。

最後油燈裡的油也燒盡，聊到相當疲累的四名少女直接就在桐人身邊靠在一起睡著了。

一會兒之後，遙遠人界的央都聖托利亞裡，響起了宣告半夜十二點的平穩鐘聲。但是那道聲音當然不可能傳到黑暗領域的野營地裡。

同一時間——

可以稱為「時間性振動」的極細微感覺降臨到所有Underworld居民的身上。雖然它是因為FLA倍率降低到一倍所造成，但即使發生這樣的現象也幾乎沒有人注意到。

地底世界人界曆三八〇年十一之月八日，凌晨十二點。

現實世界的日本標準時間是，二〇二六年七月七日，凌晨十二點。

這個瞬間，兩個世界的時間完全同步了。

6

——曾經有過死亡的預感嗎？

感覺耳邊忽然出現這樣的呢喃，整合騎士貝爾庫利・辛賽西斯・汪便張開眼睛。帶著不祥色彩的晨光，像是想要躲進微暗的帳蓬裡一般。空氣像冰一樣寒冷，深呼吸後肺部立刻感到刺痛。

貝爾庫利感覺現在是凌晨四點二十分。精神與過去曾是大時鐘指針的神器——時穿劍同調的貝爾庫利，擁有能夠正確得知現在時間的特技。再過十分鐘左右，就必須讓傳令兵吹響全軍起床的號角才行。

一將粗壯的雙臂繞到腦袋後面，讓歷經風霜的劍士醒來的那句話就又出現在腦袋當中。

曾經有過死亡的預感嗎？

如此問道的甜美聲音，是來自於他唯一的上司，最高司祭亞多米尼史特蕾達。

已經不清楚是什麼時候的記憶了。是一百年前，還是一百五十年前呢？對於為了防止靈魂崩壞而遭施行消除不必要情報的貝爾庫利來說，遙遠的記憶已經無法順利整理出時間順序了。

但是，還是能鮮明地想起當時的情景。

可能是對於無限持續下去的日子——雖然是她自己所希望——感到有些厭倦吧，亞多米尼史特蕾達偶爾會把僅次於自己的長命者貝爾庫利叫到最上層，讓他陪自己喝一杯。

銀髮的支配者只罩著極薄絲絹的裸體橫躺在深紅長椅上，以慵懶的動作玩弄著酒杯說出那個問題。

在地板上盤腿而坐，正咬下一口起司的貝爾庫利，一邊動著下顎一邊歪頭考慮了起來。由於他已經習慣支配者善變的個性，所以並不會想討她的歡心，只是把自己的想法直接說出來。

——死亡的預感嗎？還是菜鳥的時候，輕易就被上一代還是上上一代暗黑將軍擊敗時，曾經有過不妙的想法。

結果最高司祭輕笑了起來，輕舉起水晶杯。

——但是，很久之前你不是就把那個傢伙的首級摘過來了嗎？記得我好像把它轉換成滾落在那邊的某顆寶石了。之後就沒有了嗎？

——唔……有點想不出來了。不過為什麼忽然這麼問呢？那是和猊下無關的感覺吧。

一這麼反問，活過漫長時光的少女就一邊交替交叉的長腿一邊再次露出微笑。

——呵呵呵，你真的什麼都不懂呢，貝爾庫利。每天喲……我每天都感覺到死亡。每當早上睜開眼睛……不對，連夢裡都有這種感覺。因為我尚未支配一切。因為還有活著的敵人。而且一直都存在未來某個時間點會出現新敵人的可能性。

——哎呀。最高司祭也是很累人的工作呢。

這段對話後又過了一百數十年，在距離人界相當遙遠的黑暗領域森林的角落，貝爾庫利咧嘴露出充滿自信的笑容。

——我現在終於能夠了解妳說的話是什麼意思了。

死亡的預感，是因為主動追求死亡的可能性才會產生。

能夠接受的終點、配得上自己身分的死亡方式、即使全力對抗依然力有未逮的強敵……結果妳就是在追求這些東西嗎？

就像現在的我一樣。

像現在這個瞬間，鮮明地預感死亡已經進逼到身邊的我一樣……

亞多米尼史特蕾達死亡的現在，成為世界上最長命者的騎士長貝爾庫利，一口氣從床上起來後，就在強壯身體上披了以白色為基調的和服。接著綁好腰帶、套上木屐，並且將愛劍插到左腰。

抬起出入口的布幕踏進早晨的冷空氣當中，貝爾庫利就為了下達全軍起床的指示而朝著傳令兵的帳篷走去。

＊＊＊

幾乎在同一時刻。

十頭飛龍靠著些微染紅地平線的曙光，從距離二基洛爾北方的黑暗領域軍野營地起飛。

跨坐在上面的暗黑騎士手臂上，各自抱著一捆粗繩。繩子的一端已經固定在打進峽谷邊緣的木樁上。

十頭飛龍從騎乘者的手臂裡拖著繩子飛越寬一百梅爾的峽谷，最後在南岸著地。從龍背上跳下來的騎士，一握住取代長劍的大槌子，立刻以不習慣的動作在地面上打下木樁。

皇帝貝庫達所下達的新命令是這樣子的。

拳鬥士團與暗黑騎士團應當順著從峽谷上拉起的十條繩索進軍到對岸。

雖然可以預測敵人會前來妨礙，但應該無視其攻擊強行渡過繩索。

不救助掉下繩索者。

不搬運糧食與其他物資。

總而言之，這是將會出現許多犧牲者，而且毫無補給的極殘酷決死作戰。拳鬥士團的首領伊斯卡恩，以及繼承夏斯達位子的年輕暗黑騎士團首領，都只能因為無處可發洩的憤恨而咬緊牙根。

但是他們不存在反抗身為絕對強者的皇帝這樣的選擇。

至少希望在敵軍尚未注意到之前就完成橫渡繩索的行動，兩名首領雖然如此祈求，但願望依然落空。徹夜警戒著黑暗領域軍的人界守備軍偵察兵，這時已經全力跑下一基洛爾南方的山丘。

＊＊＊

一邊吃著在烤硬的兩片麵包中夾了起司、肉乾、乾果的簡單早餐，亞絲娜一邊以尚未睡醒的腦袋思考著。

……時間被加速了一千倍，就表示現實世界裡的人類吃一次飯的時間，我就已經吃了一千次了對吧。雖然說應該不會因為吃了這麼多次而發胖就是了……

稍微把視線移過去，就看見同樣眼皮沉重的整合騎士愛麗絲與衛士長索爾緹莉娜也正把三明治放進嘴裡。即使透過洋裝的布料，也能看出兩個人纖細的身體相當緊實，可以說沒有一絲贅肉。

究竟這個世界是否存在生活習慣病這種東西呢？還是說體型是出生時就被賦予的固定參數呢？又或者是——人的一切外表都只是反映精神狀態的鏡子呢？

羅妮耶正在旁邊把三明治切成一小塊來餵撐起上半身的桐人。愛麗絲表示一直都持續讓他攝取足以維持天命的食物，但無可奈何的是桐人的身體似乎還是不斷變瘦。

就好像他自己希望從這個世界裡消失一樣。

「……桐人學長今天早上的氣色很不錯喔。」

羅妮耶像是看透亞絲娜內心般如此呢喃著。

「而且也乖乖地吃飯了。」

「說不定是四名美女陪他睡覺產生效果嘍。」

愛麗絲的話讓亞絲娜忍不住露出心情複雜的笑容。

結果昨天晚上就在躺著的桐人旁邊一直聊到深夜。四個女孩子內心都累積了許多關於桐人的回憶，雖然這點時間對互相展示這些回憶的她們來說還是完全不夠，但最後還是輸給睡魔的誘惑，就在帳篷裡睡著了。

被角笛的聲音叫醒後，亞絲娜就一邊吃著羅妮耶拿過來的早餐，一邊再次於內心對著心愛的人呢喃道：

——桐人不論到哪裡都不會變。對每個人都是這麼溫柔，所以才會背負這麼多責任，最後傷害了自己。

——但這次真的太逞強了。竟然想自己一個人背負整個世界。應該稍微倚靠我或是其他人的幫助吧。因為大家都很喜歡你啊。

——當然，我還是最喜歡你的人啦。

亞絲娜感覺內心充滿堅定的決心。當桐人醒過來時，要笑著這樣對他說。沒問題，一切都很順利。你想守護的事物，我和大家已經確實保護住了。

亞絲娜的意志似乎也傳到了在場其他三個人身上。愛麗絲與羅妮耶、索爾緹莉娜也以睡意全消的眼神看向亞絲娜，並用力點了點頭。

在這之後，宣告敵襲的角笛那迫切的旋律就響遍整座野營地。

咬著剩下來的麵包跑回自己帳篷的愛麗絲，迅速穿上鎧甲，抓起金木樨之劍後就再次衝到外面來。

和同樣完成全副武裝的亞絲娜會合，對羅妮耶與緹潔說了聲「桐人就拜託妳們了！」，兩人隨即朝野營地的北方前進。

穿越黑森林的時候，已經可以看見帶劍的貝爾庫利站在那裡了。

接到偵察兵報告的騎士長，一確認趕來的愛麗絲、亞絲娜以及晚了幾秒鐘來到的連利與謝達等人的身影，立刻以嚴肅的表情低聲表示：

「原來如此，敵方現實世界人的手法可以說相當毒辣。皇帝貝庫達似乎是豁出去了。」

他接下來的話讓愛麗絲不由得咬住嘴唇。

敵軍似乎以橫跨兩岸的十條粗繩來代替橋梁，準備利用它們來強行渡過峽谷。掉下去的話當然就沒命了。沒有強韌的體力與精神力，絕對無法完成這樣的任務。強迫士兵進行這樣的作戰，是表示連皇帝貝庫達都失去信心──還是，他只是把士兵的性命視作糞土呢？

不過就算有三分之一的兵員掉進谷底，計算起來敵人主力依然殘存著七千人的兵力。只有一千人的人界軍與他們正面作戰當然沒有勝算。

原本潛伏在森林裡以術式攻擊的作戰，在如此明亮的情況下也不可能成功。這樣的話，應該繼續南進，等待下一次突襲的機會嗎？

這時斬斷愛麗絲猶豫的，是騎士長貝爾庫利的一句話。

「這是戰爭。」

丟出這樣一句話的古代豪傑，淡藍色雙眼一面發出嚴厲的光芒一面繼續說：

「異界人的亞絲娜小姐也就算了，我們不需要對暗黑界軍有一絲仁慈之心。必須……活用這個機會才行。」

「機會……？」

感到意外的愛麗絲重複問了一遍剛才的話，而貝爾庫利則是帶著銳利的目光回答她：

「沒錯……騎士連利啊。」

突然被叫到名字，年輕的整合騎士瞬間挺直背桿。

「是……是的！」

「你的神器『雙翼刃』最大射程有多遠？」

「是的，平常是三十梅爾，使用武裝完全支配術的話是七十……不對，一百梅爾。」

「很好。那麼……接下來我們四名騎士就攻擊橫渡峽谷的敵人。我和愛麗絲、謝達就專心保護連利。而連利就用神器把敵軍拉起來的繩子全部切斷。」

愛麗絲稍微屏住呼吸。

雖然敵人也會拚死守護橫渡峽谷的繩子，但就算在底端築起人牆，以曲線軌道來飛翔的飛刀也能越過敵人頭頂直接攻擊繩子。正如貝爾庫利所說的，這是毫不容情的對應手段。

但是弱冠十五歲的少年騎士那稚嫩的臉龐湧現帶有堅定決心的表情，把右拳貼在左胸。

「我了解了！」

旁邊無聲的騎士謝達也低聲呢喃：

「別擔心，我保護你。」

而不包含在貝爾庫利指示當中的亞絲娜也往前走出一步。

「我也去。護衛是越多人越好吧。」

愛麗絲一瞬間閉上眼睛，在胸中如此低聲說著。

事到如今，我——以大規模術式燒殺了一萬名亞人，又以完全支配術殺戮了兩千名暗黑術師的我，根本沒有資格要求進行一場高潔的戰爭了。

現在只有拚盡全力來作戰。

「——那麼事不宜遲。」

對四個人點了點頭，愛麗絲便將視線移向北邊的山丘。如血一般紅的曙光，早已經讓漆黑的稜線浮現出來。

＊＊＊

快一點。

快點，快點！

拳鬥士團的首領伊斯卡恩握緊雙拳，在心裡不停這麼大叫。

在廣大峽谷上拉起的十條粗繩裡，拳鬥士與黑暗騎士各自從五條繩子上渡過峽谷。

他們雙手雙腳都勾住繩子，以倒掛的姿勢往前進，但沒有受過攀繩訓練的士兵動作都相當僵硬。如果有時間可以準備所有人的救生索配發下去就好了，但皇帝卻不給予這樣的時間。

而且伊斯卡恩希望由自己率先渡過峽谷的希望也立刻就被駁回。似乎是對昨夜擅自擴大解釋命令，帶了一小隊人搶先行動這種行為的警告。你們這些傢伙只要遵從我的命令就可以了，皇帝那冷若冰霜的聲音緊貼在他耳朵深處。

在咬緊牙根的伊斯卡恩注視下，最早前進的部下終於來到繩子的中央部位。

暴露在早晨冷空氣中的赤銅色肌膚已經冒出熱氣，即使在這樣的距離下也能看見滴落汗水的光芒。看來這果然是相當辛苦的行動。

就在這個時候——

突然有一道特別強勁的風吹過巨大山谷。

繩子發出「咻嗡嗡嗡！」的聲音，並往左右劇烈晃動。

「啊……！」

伊斯卡恩忍不住叫了出來。數名拳鬥士被汗水濡濕的手掌從繩子上滑落。

山谷間立刻迴盪著類似怒吼的叫聲。

那絕不是悲鳴，年輕的首領咬緊牙根並在心裡這麼想。這是對於喪命的地點不是戰場，而是在被迫從事類似雜技的任務中死亡感到遺憾的咆哮。

瞬時的強風一吹之下，就有超過十名拳鬥士與暗黑騎士掉落無底深淵當中。

但是跟在後面的人員依然繼續果敢地渡過峽谷。自己這一邊的繩子底端，不斷有新的士兵在三梅爾左右的間距下攀上繩子。

斷斷續續有突發性強風無情地吹過，每次也都帶走一些性命。曾幾何時，伊斯卡恩握住的拳頭上，已經開始滴落火焰般的紅色光芒。

——白白犧牲了。

不對，比這還要慘。因為甚至沒有留下可供憑弔的屍骸。

而且理由還不是因為暗黑界五族侵略人界的悲願，而是因為皇帝想要獲得名為光之巫女的人物，這時伊斯卡恩已經不知道該如何向留在故鄉的族人道歉才好了。

——快點，再快一點。在出現新的干擾之前讓所有人渡過峽谷吧。

不知道是聽見年輕族長的心願，還是已經習慣攀繩的動作。前頭速度加快的士兵終於到達對岸。遲了五秒鐘左右，下一個人的腳也碰到了大地。

照這個樣子來看，一萬名士兵要攀爬過這十條繩子，隨便都得花一個小時以上的時間。這麼長一段時間當中，敵人實在不太可能沒有發現到己方正進行這樣的作戰。

但是，現在也只能祈禱出現這種極為飄渺的幸運。

太陽以令人害怕的速度升上東邊的天空，逐漸以紅光照耀著黑色大地。

相對地，橫渡峽谷的士兵數量只是以令人心焦的速度緩緩增加。在出現許多跌落者的情況下，人數從五十變成一百、兩百，當終於超過三百人時——

峽谷對岸，一片連綿不斷的山丘黑色稜線上，出現了五道騎著馬的人影。

即使以伊斯卡恩的超級視力，也無法看清馬背上敵兵的模樣。

——只有五人……是偵察兵嗎？這樣的話，在敵人調整好態勢之前，應該還有一些時間。

這個判斷，或者可以說希望，一瞬間就被擊碎了。

五匹馬開始朝著峽谷一直線跑下山丘。可以看見飛揚的披風、光亮的甲冑，最重要的是伊斯卡恩即使不願意，依然從所有人身上感覺到水蒸汽般往上竄的強烈劍氣。

——是整合騎士！而且還來了五個人！

「敵人來襲！快點防守！死都要保護繩子——！」

雖然不確定聲音能否傳達到對岸，但伊斯卡恩還是忍不住這麼大叫。

或許是聽見命令了吧，已經渡過峽谷的三百多名士兵，有半數在固定住繩子的圓木樁底部圍成圓陣。其他人則排在前面，擺出迎擊態勢。

眾騎士以宛如飛翔般的速度，瞬間跑過山丘到峽谷之間的一千梅爾距離，然後同時從馬背上跳下來，聚集在一起往右端的繩子突進。

跑在最前面的是穿著寬大異國服裝的高大男子。他的右邊是身穿閃亮黃金鎧甲的女騎士。左邊可以看見昨夜與伊斯卡恩戰鬥的那名叫作謝達的女騎士。

三個人圍住一名嬌小的騎士，而更後方似乎還有一個人，但無法確認詳細的長相。

數十名拳鬥士從上半身揮灑著汗水，為了包圍五名騎士而往前突進。

「嗚啦啊啊啊——————！」

拳頭與踢擊隨著威猛的喊聲朝眾騎士降下。

刺眼的劍光持續閃爍。

大量的鮮血變成逆向瀑布往天空噴灑。下方可以看見鬥士們的手臂、腳部以及脖子輕易地被從身體上砍下來。

下一刻——

一道銀色光輝從三名騎士背後拖著光帶高高飛舞到天空。

光輝在早晨的紅光當中畫出弧形後越過眾拳鬥士頭部——往最右端目前有大量士兵纏在上面的繩子飛去——

「住手啊啊啊啊啊——————！」

即使發出狂吼，伊斯卡恩敏銳的耳朵還是從自己的聲音裡分辨出「噗滋」的細微切斷聲。

在中央被切斷的粗繩，因為張力的反動而像隻大蛇一樣在空中扭動。

數十名鬥士輕易就被甩落，然後朝谷底落下。

一邊將這樣的光景深深烙印在瞪大的雙眼中，伊斯卡恩一邊忘我地說：

「這就是……這就是戰爭嗎？這種情況能夠稱為戰鬥嗎？」

就連隨侍在後的副官達巴，這個時候也說不出任何話來。

除了被迫模仿雜耍藝人之外，連站在敵人面前都辦不到，就這樣被裂痕吞噬的族人。他們絕對不是為了這樣死去而忍受漫長又辛苦的修練。

該怎麼對在故鄉引頸期盼他們回去的老幼婦孺交代才好？怎麼能說他們不是英勇地與敵人的劍刃對抗，最後得以光榮戰死，而是沒有機會揮動經過鍛鍊的拳頭就墜落到地底消失了呢。

鬥士們充滿悔恨的叫聲不停地迴響在呆立在現場的伊斯卡恩耳中。

——我一定會幫你們報仇。所以原諒我吧，請原諒我吧。

即使內心不斷地這麼念著，但伊斯卡恩卻無法立刻判斷這個仇究竟要算在誰頭上。

面對多出自己十倍的軍勢，敵人的整合騎士也是拚盡全力。當然不可能拜託他們等己方兵員全部渡過峽谷，然後排列好陣型。反而應該說，為了不錯失即時對應的時機而只靠五個人殺過來的他們實在膽識過人。

這樣的話，到底是誰？

到底是誰該負起讓拳鬥士白白犧牲的責任？

是只能像這樣呆呆站在這裡握緊雙手的首領嗎？

還是——

忽然間，右眼深處感到一陣刺痛，伊斯卡恩也因此屏住呼吸。

視界裡不斷有血色光芒跳動，而第二條被切斷的繩索就在光芒後面被切斷並飛上天空。

＊＊＊

加百列・米勒在自軍後方以手撐著臉頰，注視拉起的十條繩子裡，已經有三條很快就被對方給切斷的情景。

看來就ＡＩ的性能來說，果然還是人界那一邊的單位稍微優秀一點。不對，光看狀況對應能力的話可以說是天差地遠。包含昨天晚上的第一次會戰在內，瞬時識破黑暗領域軍的作戰，反而給予己方迎頭痛擊的模樣，實在很難相信是與ＣＰＵ對戰的模擬遊戲。

而進行這款遊戲的結果，是加百列很快就消耗掉自軍的七成單位，但是他到現在都還沒有任何焦躁感。

加百列看著以百為單位消失的自軍主力並耐心等待著。等待著「那個時刻」的來臨。

這個時候，占據Ocean Turtle主控室的克里達已經完成將ＦＬＡ倍率調成一倍，也就是和現實時間同步的作業。之所以花了這麼長的時間，是為了將倍率變化的衝擊減到最小，藉此不讓登入Underworld的ＲＡＴＨ人員注意到這一點。

他同時也透過衛星線路，把某個ＵＲＬ發布在美國相當大規模的遊戲社群裡。網址可以連結到克里達迅速作成的一個吊人胃口的情報宣傳網站。

網站上排滿了刺激性的字體，隨著飛濺的鮮血特效宣告著以下的內容：

即將舉行全新ＶＲＭＭＯ遊戲的限時封測。

史上第一個強調殺戮的ＰｖＰ遊戲誕生。

可使用完全人類型虛擬角色。無分級限制。亦無倫理規範。

看見這些廣告詞的玩家，雖然感到傻眼地想著「這家獨立製作公司真是不要命了」，但還是感到相當高興。

二〇二六年七月的現在，在為了防治恐怖活動而持續設定ＶＲＭＭＯ遊戲法律規範的美國，就算是使用The seed程式套件的獨立製作遊戲，如果不接受相關業界團體的分級審查，並且遵守倫理規範的話，將會很難營運下去。

尤其是殘暴的表現更是受到嚴格規範，如果一定要有「手腳斷裂」的演出，就必須做出跟「昆蟲國度」一樣的對應把虛擬角色設定為昆蟲型。現在規範甚至比身為ＶＲＭＭＯ發源國的日本還要嚴格，而這也讓全美國的玩家都陷於欲求不滿的狀態。此時突然就出現了這個謎樣封測的預告。

ＵＲＬ立刻藉由各種ＳＮＳ擴散出去，用戶端以驚人的速度被下載、複製並再次上傳。短短四個小時裡，安裝了克里達製作的用戶端程式的AmuSphere就已經突破三萬台。

加百列即使浪費寶貴的時間也要實行的最大策略。

就是給予全美國的ＶＲＭＭＯ玩家黑暗領域的暗黑騎士帳號，讓他們作為己軍戰力潛行到Underworld裡面。

不論是率領ＲＡＴＨ的菊岡誠二郎，還是設計出Underworld的比嘉健，都沒想過還能實行如此粗暴的手段。

不過Underworld在較低的伺服器等級裡，怎麼說都只是套用The seed規格的ＶＲＭＭＯ遊戲。如果不使用汎用視覺化記憶，而是以既存的多邊形來呈現的假想世界——並且不進行時間加速的話，那麼以AmuSphere登入、觸碰其他物體或者殺害其他角色都是能辦到的事情。

不論對方是現實世界人還是地底世界人都無所謂。

7

加百列與克里達的祕策，讓他們完全從ＲＡＴＨ手裡搶得了先機。

其實就算發現了，主控室遭到占據的他們也無法切斷衛星線路。

但是當克里達把包含那個ＵＲＬ在內的程式套件傳送到外部時，就出現唯一一名注意到這件事的人。

也就是Top-down型人工智慧的結衣。從結城明日奈帶來的手機觀察著Ocean Turtle內部狀況的結衣，連線到克里達吊人胃口的情報宣傳網站後，就正確地推測出加百列的企圖。

雖然急著想警告ＲＡＴＨ人員目前的狀況，但副控室已經遭到物理性封鎖，就算明日奈放在客艙裡頭的手機響了再久，都沒有人能夠聽見。

在沒辦法的情況下，結衣只好把知覺拉回隔了遙遠太平洋的日本，接著同時對幾台手機發話。

＊＊＊

現實世界是高二生，假想世界裡是幹練狙擊手的朝田詩乃，在意識到手機的來電鈴聲後，立刻就從床上跳起來。

邊桌上的時鐘顯示著目前是凌晨三點。即使在這種時間被吵醒，她還是瞬間睡意全消。理由是因為，傳出來的來電鈴聲顯示電話是來自於桐谷和人的手機。

不會吧。除了意識不明之外還不知去向的桐人竟然會打電話來。

在混亂當中把手機貼在耳朵旁邊後，首先傳進來的是一名稚嫩少女迫切的聲音。

「詩乃小姐，我是結衣！」

「咦……結……結衣嗎？」

詩乃當然認識成為桐人和亞絲娜「女兒」的人工智慧結衣。短短一週前，和亞絲娜等人討論桐人的行蹤時，才剛對結衣的情報處理能力與高度的感情表現感到佩服不已。

但是沒想到她會直接打電話給自己，所以詩乃頓時說不出話來。稍微帶著電子音的甜美聲響立刻持續傳進耳朵裡。

「之後再跟妳說明。現在立刻準備外出，離開家門後請搭上計程車。我會把抵達目的地的最快速路線傳到手機裡。車資也會先匯進詩乃小姐的電子貨幣帳號裡。」

接下來就傳出「鏘鈴」的聲音，詩乃的手機接收到線上匯款的通知。這下子她終於了解這不是夢或者是惡作劇了。

「計……計程車？要到哪去……？」

詩乃按照指示站起身子，一邊把腳從睡衣的褲子上抽出來，一邊以尚未從驚訝當中恢復過來的腦袋這麼問道。但是結衣接下來的話，就像一盆冰水一樣讓詩乃的意識完全清醒。

「請快一點。爸爸和媽媽有危險了！」

＊＊＊

「危……危險？哥哥和亞絲娜小姐嗎？」

現實世界裡是高二的劍道社社員，假想世界裡是風精靈族的魔法劍士，同時也是桐谷和人妹妹的桐谷直葉，目前正一隻手扣上牛仔褲的鈕釦一邊這麼反問。

「莉法小姐，聲音太大的話，翠阿姨會醒過來的。」

手機裡傳出結衣的冷靜聲音，讓直葉急忙閉上嘴巴。

「說……說得也是。倒是……我還是第一次在這種時間偷偷離開家裡耶……」

「很可惜，現在沒有時間向阿姨說明所有事情，然後請她允許妳外出了。先傳送社團早上要練習所以提早到校的訊息到自家伺服器裡應該就沒問題了吧。」

「我……我知道了。結衣太厲害了，真是天才軍師。」

在非常佩服對方的情況下換好衣服，直葉就躡手躡腳地走下樓梯，把手放到玄關的門上。雖說是已經有一段歷史的日式房屋，但夜間保全應該還是確實地運作當中，不過結衣似乎已經幫忙關閉警報了。

雖然瞞著自從和人失蹤了之後，每天都早早回到家的母親偷溜出家門還是會有罪惡感，但直葉還是在心中合掌道歉後就離開家裡。

——對不起，媽媽。我一定會把哥哥救出來。

穿越住宅區來到大路上的瞬間，計程車已經停在眼前。應該是結衣在網路上叫的車吧。這時司機對於直葉的年紀露出些許懷疑表情，於是她便說出親戚罹患急病的藉口，然後看向自己的手機。

「嗯……請到東京的港區。」

感覺不要說到六本木應該比較好。

＊＊＊

當咬著的代餐棒掉到大腿上的瞬間，比嘉健便迅速睜開眼睛。

重複眨了好幾次眼睛後，他才看向智慧型手錶。日本標準時間再過一會兒就是凌晨四點了。將視線往旁邊移動後，就看見擠在副控室的工作人員臉上筋疲力盡的表情。

神代凜子博士坐在操縱臺的一張椅子上，現在正搖頭晃腦地打著瞌睡。菊岡二等陸佐這時雖然沒有睡著，但面向主螢幕的黑框眼鏡，底下的眼睛也失去平常的銳利度。

剩下來的四名技術人員則是躺在鋪在牆壁邊的墊子上睡得像屍體一樣。由於洩漏情報者混在負責警備的眾自衛官裡的可能性依然無法排除，所以菊岡讓他們所有人都負責警戒副控室下一層的耐壓隔板。

自從受到來歷不明的武裝集團襲擊，很快地——或者應該說終於過了十四個小時。

距離應該要保護Ocean Turtle的神盾艦「長門」發出突擊命令還有十個小時。在這種狀況下，這段時間有如讓人感到絕望般漫長。尤其時間經過加速的Underworld更是如此。

結城明日奈以超級帳號01登入到現在也已經過了十個小時。ＦＬＡ倍率是通常上限的一千倍，所以內部是一萬小時——算起來已經是經過了一年以上的時間。但是到現在都還沒有確保愛麗絲的任務究竟是成功還是失敗的聯絡。

「世界盡頭的祭壇真的距離人界那麼遙遠嗎……」

他一邊含糊地呢喃著，一邊在記憶裡畫出酷似ＲＡＴＨ標誌的Underworld全圖。就在這個時候——

設置在操縱臺上的電話傳出「嗶嗶嗶、嗶嗶嗶」的刺耳叫聲，讓比嘉差點整個人跳起來。

「菊……菊老大，電話。」

比嘉一邊想著「下面樓層發生什麼事了嗎」，一邊對旁邊的人搭話。

身穿夏威夷衫，同時嚇得挺起上半身的指揮官，在木屐從腳指尖掉落的情況下衝向電話。

「副控室，我是菊岡！」

雖然有些沙啞，但他的回應還是響徹整個空間，結果隔了一段時間才從話筒傳出來的……

不是在樓下負責警備任務的中西一尉，而是帶著極濃厚困惑的年輕男性聲音。

「那……那個，請問是ＲＡＴＨ總公司ＳＴＬ開發本部吧……？我是ＲＡＴＨ六本木分部的平木……」

「啥？六……六本木？」

菊岡難得會發出這種完全出乎意料般的奇怪聲音，不過這個時候比嘉也跟他一樣驚訝。

為什麼六本木分部會在這個時間與這邊聯絡呢？那邊的工作人員不知道ＲＡＴＨ是經由國防預算所營運的偽裝新興企業，也不知道「總公司」不在日本本土而是漂浮在遙遠南洋上的Ocean Turtle裡，甚至連Project Alicization這個名稱都不知道。

當然，對方也不會知道ＲＡＴＨ目前正受到謎樣敵人的攻擊。六本木分部不過是一處只研究、開發ＳＴＬ技術的分公司罷了。

沒錯……ＳＴＬ……

雖然忽然有注意到某件事情的預兆閃過比嘉的腦袋，但在抓住確實的內容之前，菊岡就已經用力地乾咳了一聲。

「噢……嗯，是的。我是ＳＴＬ開發本部的菊岡。」

「啊，你好你好！以前曾經碰過一次面。好久不見了，我是六本木的開發主任平木！」

——別在繼續那種一般上班族的客套話啦，快講重點！

比嘉在心裡這麼大叫，菊岡雖然也露出相同的表情，但發出來的聲音還是很像一名真正的上班族。

「啊，辛苦了，平木主任。這麼晚了還留下來加班啊？」

「沒有啦，因為去喝一杯結果錯過末班電車。誰叫我們公司的地點在六本木呢。啊，這別對上面的人說喲，嗚呵呵……」

——你現在說話的對象就是上面的人啦！還是最高層！別廢話了，快說重點！

可能是聽見比嘉的念頭了吧，平木不再多說客套話，以嚴肅的口氣表示：

「啊～事情是這樣子的……不知道該不該說是問題……總之是有點奇怪啦。現在突然有外部的人沒有聯絡就來到公司……」

「外部？是生意往來的對象嗎？」

「不是，完全無關……應該說，怎麼看都是女高中生，而且還是兩個人。」

「啥？」

菊岡與比嘉，以及不知道什麼時候醒過來的神代博士也發出了奇怪的聲音。

「女……女高中生嗎？」

「是啊，我當然也想把她們趕回去啊，因為這間公司的保密義務相當嚴格。但是……那兩個女孩子所說的事情，真的有點……」

平木不得要領的發言，讓再也無法忍耐的比嘉站起身子，把雙手撐在操縱臺上。菊岡則是發揮出令人佩服的忍耐力，以平穩的口氣反問：

「那她們到底說了什麼？」

「嗯……她們說現在立刻跟ＲＡＴＨ總公司一名叫菊岡誠二郎的人聯絡。還說要請他立刻確認Underworld的ＦＬＡ倍率……」

「什……什麼——！」

三個人再次異口同聲地爆出驚愕的叫聲。

為什麼外部的女高中生會知道這些單字？若不是熟知Alicization計畫的全貌，絕對說不出這樣的話吧。

比嘉原本和張大嘴巴的菊岡面面相覷，這時隨即以半自動操縱重新面對操縱臺，然後手指在鍵盤上不停敲著。

黑色螢幕上浮現出目前的時間加速倍率。

×1.00

「咿……等倍？從什麼時候開始的！」

把視線從喘氣的比嘉身上移開，菊岡急忙對著聽筒大叫：

「名……名字！那兩個女高中生有說自己叫什麼名字嗎？」

「啊，有的。但也很像是在開玩笑……因為怎麼聽都不像是本名。嗯……她們說告訴菊岡先生，我們是『詩乃』和『莉法』。但是臉一看完全就是日本人啊。」

喀咚。

這道清脆的聲音，來自於菊岡另一隻掉落到地板上的木屐。

＊＊＊

ＲＡＴＨ六本木分部大樓的自動鎖打開後，透過手機確認朝田詩乃與桐谷直葉小跑步進入大樓後，人工智慧結衣才稍微露出放心的表現。

具體來說是輕輕呼出一口氣，然後將大部分演算能力分配給同時進行中的其他工作。

結衣判斷要達成這個目的一定會遇上許多的困難。因為這是結衣一個人絕對無法完成的目標。

不過同時可以確定的是，失敗的話心愛的桐人與亞絲娜就會陷入極大的危險當中。

從詩乃的手機把知覺拉回來，結衣接著就用圓滾滾的眼睛依序看著並排坐在眼前的四名精靈。

結衣等人目前的所在位置，是位於ＶＲＭＭＯ－ＲＰＧ「ALfheim Online」內部，桐人與亞絲娜位於新生艾恩葛朗特第22層的玩家房屋客廳裡。

變成導航妖精的模樣飄浮在空中的結衣面前，輕輕坐在沙發上面的是有著三角形耳朵與小小牙齒，再加上一條長尾巴的貓妖族──西莉卡。

旁邊則是讓金屬粉紅的頭髮輕飄飄蓬起來的小矮妖──莉茲貝特。

遠處靠在桌子上的，是在豎起的紅髮上綁了鮮豔頭巾的火精靈──克萊因。站在他旁邊雙手抱胸的巨漢是大地精靈艾基爾。

他們全都是通稱ＳＡＯ生還者，也就是從死亡遊戲「Sword Art Online刀劍神域」裡存活下來的資深ＶＲＭＭＯ玩家，同時也是桐人與亞絲娜無可取代的好友。接到結衣的聯絡，即使在深夜依然登入ＡＬＯ的他們，目前正聽完狀況的說明。

克萊因一邊隔著綁在額頭上的頭巾用力搔著頭，一邊在天生的輕挑聲音裡加上最大限度的沉重感然後小聲說道：

「真是的……那臭傢伙，又自己一個人被捲進這麼誇張的事情裡……自衛隊製作的假想世界，還有從那裡產生的真正人工智慧愛麗絲？那已經完全超越遊戲的範疇了吧。」

「那個人工智慧不是遊戲裡的ＮＰＣ之類的，而是和我們人類同樣的存在……意思是這樣嗎？」

莉茲貝特的提問讓結衣大大點了點頭。

「嗯，正是如此。構造原理和像我這樣的既存ＡＩ完全不同，那是真正的靈魂。在ＲＡＴＨ內部則被稱為『人工搖光』。」

「竟然要把它搭載到戰鬥機上，然後從事戰爭……」

西莉卡依序看著結衣與縮在膝蓋上的小龍畢娜，接著皺起眉頭這麼呢喃：

「ＲＡＴＨ目前似乎是規劃把這個技術當成對國內外的實物示範……我推測目前占據Ocean Turtle的襲擊者則已經預定好要將其用在更具體的用途上了。」

結衣的話讓克萊因大張雙臂。

「那些襲擊者到底是什麼人啊？」

「有很高的機率是與美軍與美國情報機構有關。」

「美……美軍？妳說美國的軍隊嗎？」

面對大吃一驚的莉茲貝特，結衣點了點頭肯定自己的說法。

「如果愛麗絲落入美軍手中，不久的將來就一定會作為無人機搭載用AI被配置到實戰上。爸爸和媽媽應該無論如何都想阻止這件事。這是因為……因為……」

自己的感情模仿程式突然間展現預期之外的反應，而這也讓結衣感到困惑。她的臉頰上滾落一滴滴斗大的水滴。

淚水。

——我正在哭。但是，到底為什麼……

就連這樣的疑問都被往上衝的未知感覺掩蓋過去，結衣在胸前緊握小小的雙手繼續說道：

「因為愛麗絲是從SAO開始的所有VRMMO世界，以及生活在那裡的許多人存在的證明，也是花費了龐大時間、物質與精神資源後的結晶。我相信The seed程式套件被創造出來的主要目的，就是為了要讓愛麗絲誕生。」

四個人默默地傾聽著。依然淚如雨下的結衣繼續表示：

「……被連結起來的無數世界裡，許多的人類歡笑、哭泣、悲傷、戀愛……正因為有這些靈魂光輝的反饋，Underworld才會有新的人類誕生。愛麗絲就是從爸爸和媽媽、莉法小姐、克萊因先生、莉茲貝特小姐、西莉卡小姐、艾基爾先生、詩乃小姐……還有其他許多人的心共同編織出來的大搖籃裡誕生的！」

即使結衣閉上嘴巴，也沒有任何人想要開口說話。

結衣應該沒有任何方法得知眼前人類的意識裡正在發生的思考與感情。因為她比任何人都還要了解，只是情報資料庫的Top-down型ＡＩ因為不具有真正的感情，所以是無法理解其真正意義的存在。

沒錯。就連想要幫助桐人和亞絲娜，以及他們喜歡的人這樣的強烈衝動，說不定都只是來自於作為精神狀況管理程式而被某個人寫入的原始碼。

這樣的自己所說的話，究竟能夠打動多少人心呢——結衣在開始這次聚會之前，就強烈地擔心著這件事。

所以看見莉茲貝特的眼睛裡湧出透明淚水，並無聲從臉頰上流下來後，結衣便感到驚訝。

「嗯……說得沒錯。全部都連結在一起。不論是時間、人還是心……就像是一條大河。」

西莉卡也雙眼泛淚站了起來，然後用雙手靜靜地抱住結衣。

「別擔心，結衣。我們會去救桐人先生和亞絲娜小姐。我們一定會救出他們……所以不要哭了。」

「是啊。結衣妳太見外了吧，我們怎麼可能會捨棄桐人呢。」

克萊因把額頭上的頭巾拉下來蓋住眼睛，然後以哽咽的聲音附和眾人的意見。艾基爾也深深點了點頭，以沉穩的聲音宣布：

「我欠那個傢伙一個很大的人情。必須在這裡稍微還一點給他才行。」

「……各位……」

在西莉卡懷抱中，結衣好不容易才能說出這樣一句話。

因為不清楚發生原因的眼淚不斷溢出，而且根本停不下來。

──明明沒有時間了。明明還有許多事情要說。

以行動的優先程度來說，現在是必須冷靜地傳達情報的時刻。難道我的感情模仿電路損毀了嗎？

但是結衣就這樣一直被一個擁有壓倒性優先度的程式碼支配，只能一邊啜泣一邊重複著同樣一句話：

「……謝謝……謝謝大家……」

數分鐘後，好不容易成功止住眼淚的結衣，將現在的狀況，以及預測今後應該會發生的事象說給四個人聽。

狀況是桐人與亞絲娜所在的Ocean Turtle被不知名的襲擊者占據，而他們又設立了一個情報宣傳網站打算招募遊戲玩家。而預測則是被誘導到那個網站上的玩家們，應該會大舉出現在Underworld裡。

眉間出現深邃峽谷的克萊因低聲沉吟著：

「從美國潛行的ＶＲＭＭＯ玩家最少有三萬，最多有十萬嗎……對那些傢伙來說，桐人和亞絲娜參加的人界軍，不過就是ＰｖＰ的靶嗎？」

「乾脆我們也在美國的ＶＲＭＭＯ相關網站發布消息怎麼樣？把實驗的事情、襲擊的事情全爆出來，然後拜託大家不要參加偽裝的封測……」

聽見莉茲貝特率直的點子，結衣便輕輕搖了搖頭。

「事情的真相是日美之間的軍事機密爭奪戰。隨便爆料的話，可能會造成反效果。」

「寫上……對方是真正的人類，請不要殺了他們……可能也是畫蛇添足吧……」

西莉卡以沮喪的表情這麼呢喃。

沉重的沉默立刻就被克萊因氣勢十足的聲音打破。

「嘿，這樣我們只要使用相同的手段就可以了！我們網路遊戲廢人的數量可不會輸給美國喲。我們也製作封測的宣傳網站，然後……只要讓ＲＡＴＨ那些傢伙準備對等的帳號，馬上就能聚集三四萬人嘍！」

「但是，還是有一個很棘手的問題。」

艾基爾邊交叉圓木般的手臂，邊發出冷靜的聲音。

「什麼問題？」

「就是時差。日本現在是凌晨四點半，也就是連線人數最少的時間帶。相對的美國的洛杉磯是十二點半，紐約是下午三點半。連線中玩家的數量，是那一邊比較多喔。」

「唔唔唔……」

克萊因像是首次注意到這一點般發出了沉吟聲。

早就擔心同樣一件事情的結衣，這時用力點了點頭說道：

「艾基爾先生說得沒錯。說起來除了VRMMO玩家人口的差距、時間帶的問題之外，我們的宣傳時間還晚對方許多，所以能在日本聚集到的人數應該遠遠不到一萬人吧。也就是說，如果用跟敵人同樣等級的帳號，能夠與其對抗的可能性非常低。」

「但是已經沒有亞絲娜使用的那種神明帳號了吧？現在也沒時間像桐人那樣從零開始提升等級……看來還是只能從可以使用的帳號當中，找出最強的來放手一搏了……」

結衣一直凝視著以僵硬表情如此呢喃著的莉茲貝特。

「錯了……其實存在這樣的帳號。是等級與裝備都比敵人那邊使用的帳號還要高出許多的強力帳號。」

「咦……在……在哪裡？」

「其實大家早就擁有了。正是現在這個瞬間，登入到這裡來所使用的這個帳號。」

面對露出茫然表情的四個人，結衣為了宣告自己使命的核心部分而開口。

她知道這是要求他們付出異常巨大的代價——真正是要他們獻上自己一半身體的行為。

但結衣同時也堅定地相信，若是這些人，一定會接受自己的提議。

「——是轉移！把各位還有其他多數VRMMO玩家在各種The seed世界裡鍛鍊出來的角色，轉移到Underworld裡！」

（Alicization exploding 完）

後記

雖然隔了一年才得以呈現在您眼前，不過還是很感謝您閱讀《Sword Art Online刀劍神域》本傳系列第16集〈Alicization exploding〉。

結束中央聖堂的戰役，故事終於從人界拓展到整個地底世界……故事到了這裡就讓大家等待了很長一段時間，真的非常抱歉。本集裡亞絲娜終於降臨到戰場上，而大家熟悉的成員似乎也要參戰了，所以我打算從這裡開始調回速度，一直到跑完所有的Alicization篇為止。自從上一集開始就一直被保護的桐人，也有預感可能會在下一集裡大復活！

「exploding」這個副標題，是因為本集中有許多爆點，所以便取了這個名字。一開始的時候是「begining」或者「turning」等短短的標題，最近好像越變越長了，下一集我想再稍微精簡一下。如果要先在這裡提一些本文內容的話，那麼本集的前半就正如「地底世界大戰」的章節標題一樣，是有許多角色混雜在一起戰鬥的戰記般筆調。所以文章稍微從之前單一視點的第三人稱，改變成以所謂的神視點第三人稱來書寫。由於會出現許多不知道視點角色的情報，所以可能會有讀者感到困惑，還請多多見諒！

原本想寫一些作者的近況，但我還是一樣過著毫無起伏的生活，所以沒有任何的話題……這幾年來也沒好好玩過什麼ＭＭＯＲＰＧ，雖然很想找款遊戲來玩玩看，但總是過著事與願違的日子，所以想說至少玩玩ＰＳ４推出的開放世界系的海外ＲＰＧ，結果我只能用「實在太猛了」這句話來形容。地圖實在太寬廣＆自由度實在太高，因此總是到處閒逛導致最後根本忘記主要任務究竟發生什麼事情。這種型態的遊戲如果能以ＨＭＤ與動態控制器來玩的話，那就真的回不來了！在如此確信的同時，希望將來ＳＡＯ也能變成這種遊戲的夢想也在我心中擴散開來，於是便拜託萬代南夢宮娛樂股份有限公司的二見製作人說「請務必製作能夠在整個地底世界裡冒險的遊戲！」，結果對方只是給我一個看著遠方的眼神並露出微笑。

按照慣例要在這裡發表謝詞。給予女主角——亞絲娜小姐的最新型態——史提西亞模式最強、最美設計的插畫家ａｂｅｃ老師（謝達、連利以及哥布林族首領等也相當棒！），以及明明是總編輯卻聽我的冷笑話到深夜的責任編輯三木先生，真的很謝謝你們！那麼就讓我們下集再見嘍！

二〇一五年六月某日　川原　礫

Kadokawa Fantastic Novels
©REKI KAWAHARA 2014
器的
作!!
絕對的
Reki Kawahara
川原 礫
illustration»Shimeji
插畫◎シメジ
THE ISOLATOR
realization of absolute solitude

Kadokawa Light Novels—

刀劍神域外傳GGO特攻強襲 1 待續

Kadokawa Fantastic Novels

作者：時雨沢恵一　插畫：黑星紅白

川原 礫鄭重推薦！
真正的槍擊戰在此揭幕!!

小比類卷香蓮因為身高的自卑感作祟，讓她在「現實世界」裡無法順利與人相處，但是VRMMO「GGO」改變了她——獲得身高不到一五〇公分的理想「小不點」角色後，香蓮以玩家「蓮」的身分馳騁於GGO世界裡！

台灣角川

NT$280/HK$85

國家圖書館出版品預行編目資料

Sword Art Online刀劍神域. 16, Alicization exploding / 川原礫作 ; 周庭旭譯. -- 初版. -- 臺北市 : 臺灣角川, 2016.01

面； 公分

譯自：ソードアート·オンライン. 16, アリシゼーション·エクスプローディング

ISBN 978-986-366-911-1(平裝)

861.57 104026095

Kadokawa
Fantastic
Novels

Sword Art Online刀劍神域 16

Alicization exploding

（原著名：ソードアート・オンライン16アリシゼーション・エクスプローディング）

2016年2月10日 初版第1刷發行
2022年11月24日 初版第10刷發行

作者：川原礫
插畫：abec
日版設計：BEE-PEE
譯者：周庭旭

發行人：岩崎剛人
總編輯：蔡佩芬
副總編輯：朱哲成
美術設計：李思穎
印務：李明修（主任）、張加恩（主任）、張凱棋

發行所：台灣角川股份有限公司
地址：104台北市中山區松江路223號3樓
電話：(02)2515-3000
傳真：(02)2515-0033
網址：www.kadokawa.com.tw
劃撥帳戶：台灣角川股份有限公司
劃撥帳號：19487412
法律顧問：有澤法律事務所
製版：尚騰印刷事業有限公司
ISBN：978-986-366-911-1